Andrea Ludwig

Milchstraße

Geschichten von der
großen Liebe

Copyright © 2013 Andrea Ludwig
www.poweraufdenpunkt.de

Für mich

Inhalt

Der Magier 7
Muschi-Himmel 14
Das große Herz für alle 16
Der Collegering 17
Dublin 20
Mein Lottogewinn 22
Zum 70. Geburtstag 24
Der Auftritt 27
Die Schrift 28
Die zweite Chance 29
Terry aus St. Louis 32
La Palma 34
Allerliebste Mimi 36
Fürstlich 37
Lesbisch 40
Birgit 43
Was ist aus meinem Jesus geworden? 45
Der Teddy auf dem Frühstücksteller 49
Rocky, mein Goldschatz 51
Gustl und das Bergglück 53
Mein geliebter Schwager 55
Die Insel 57
Vom Traum zur Wirklichkeit 59
Die Lehrerin 63
Berührung aus meinem Herzen 65
Am Strand 66
Strip 68
Auf dem Bettvorleger 70
Wüstenmänner 72
Picknick 77
Knackiger Hintern 81
Nackt in einer fremden Wohnung 83
Der Gentleman 86
Liebesstrom 89
Kinderhopps 90
Behüte deine große Liebe 91
Die Rose unter dem Scheibenwischer 93
Salsa mit Sven 94
Salsa mit Lorena 97
Wahre Liebe 100

Stunksitzung 101
Sudhiros Zeremonien 104
Danke 107
Bali 108
Partyknaller 110
Die Baggerburg 112
Zwölfeinhalb Jahre 113
Karneval 116
Es geschah auf dem Stoppelfeld 118
Vaterglück 120
Am Strand 121
Mondgesicht 122
Männergeschichte 123
Ein inniger Moment 126
Die Liebeserklärung 127
Romanze 129
Frank und Susanne 130
Susanne und Frank 132
Phantasien 135
Opas Manschettenknopf 136
Das Model 137
Der Eisbecher 143
Mein Augenlicht 144
Franz 146
Der sechzehnte Geburtstag 147
Pat Silverstone 148
Mittwoch 19 Uhr 149
Die Schnitzeljagd 151
Vorahnung 156
Rundflug 158
Randas Weg 160
Santorini 163
Die Milchstraße 165
Süße Tränen 167
Liebesbrücke 169

Vorwort

„Danke, Andrea, dass du mich nach meiner großen Liebe gefragt hast. Durch die Erinnerung wird die Geschichte noch größer für mich. Ich bin nun über sechzig, blicke auf mein Leben zurück und sammle meine Schätze. Jahrzehntelang dachte ich nur an meine Verluste, heute liebe ich die Schätze."

Viele Erzähler sagten mir, dass sie schon lange nicht mehr an die zurückliegenden Begebenheiten gedacht hatten. Erneut darüber zu sprechen, zauberte ihnen ein Lächeln ins Gesicht.

Begonnen hatte das Ganze damit, dass mein Coach vorschlug, ich solle mir von Leuten die Geschichten ihrer großen Liebe erzählen lassen, diese aufschreiben und in einem Buch veröffentlichen. Ich fragte im Bekanntenkreis, wer denn bereit sei mich bei diesem Projekt zu unterstützen. „Nun bekomme ich jede Menge romantische Liebesgeschichten", dachte ich mir vergnügt und fing mit meinen Befragungen an. Ziemlich bald entwickelte sich mein Projekt überraschend: Da ging es nicht nur um die Liebe zwischen Mann und Frau, sondern auch um gleichgeschlechtliche Liebe und auch die bedingungslose Liebe zu Orten und Tieren.

Das gestaltete die Sache noch viel interessanter! Ich erfuhr, dass persönliche Beziehungen zustande kamen, weil man einfach gut zusammen passte und dass die romantischen Geschichten eher unglücklich verlaufen. Spannend auch, dass ich so manche Lovestory aus zwei Perspektiven zu hören bekam. Zum Beispiel die von Frank und Susanne: Hier wird ganz deutlich, wie unterschiedlich Männer und Frauen ticken. Ich war begeistert. Denn das entsprach genau dem, was ich in meinen Coachings und Seminaren vermitteln möchte.

Manche Geschichten rührten mich sehr, bei anderen hatten die Erzähler und ich viel Freude. Wenn es Ihnen, liebe Leserin, lieber Leser, bei der Lektüre dieses Buches genauso geht, hat mein Vorhaben seinen Sinn erfüllt.
Vielen Dank allen, die ihr Herz öffneten und damit auch meines!

Über Ihr Feedback freue ich mich. Senden Sie mir bitte Ihre Anregungen und Wünsche an service@poweraufdenpunkt.de.
Wenn Sie mehr von mir lesen wollen, besuchen Sie mich doch auf meinem Blog
andrealudwig.blogspot.com.

Ihre
Andrea Ludwig

Der Magier

Es ist der 21. Januar 2006, der Tag an dem die Sonne in den Wassermann wandert. Ich bin deprimiert und steige auf einen Berg. Dort verspreche ich mir: „Ab jetzt werde ich ein glückliches Leben führen. Ich kümmere mich nicht mehr darum, was andere Leute sagen." Als ich zurückkomme, fühle ich mich stark.

Sein Name ist Raphael. Er ist Franzose. Er wartet in seinem Auto und gibt vor, dass das ein Zufall ist. Wir kennen uns vom Sehen, da wir im selben Dorf auf dem spanischen Festland leben. Er bietet mir an, mich nach Hause zu fahren. Ich wohne um die Ecke. Wir sitzen im Auto und unterhalten uns eine halbe Stunde. Ich erzähle ihm, wie wundervoll Ibiza ist und dass ich dahin zurück will. Wir sind wie zwei neugierige Kinder, die sich zum ersten Mal begegnen.
Wir verabreden uns für den gleichen Abend in einem Club. Er spielt dort Didgeridoo und Drums. Den ganzen Tag über fühle ich mich wie getragen.

Wir tanzen ausgelassen und sind vergnügt. Unser Heimweg geht in verschiedene Richtungen. Keiner traut sich zu fragen: „Willst du mit mir gehen?" Deshalb geht jeder seiner Wege, obwohl wir eigentlich zusammen bleiben wollen. In der nächsten Nacht treffen wir uns wieder in der Bar. Dieses Mal gehe ich mit zu ihm. Wir haben etwas Alkohol getrunken und landen im Bett.

Am nächsten Morgen fühle ich mich grauenhaft. Ich mag ihn wirklich und wollte nicht schnurstracks in sein Bett hüpfen. Ich bereue das und schäme mich. Ich will ihn nie wieder sehen. Aber tags drauf besteht er darauf, mich bei meinen Besorgungen zu begleiten. So beginnt unsere Beziehung.

Raphael ist ein ganz besonderer Mensch. Er ist voller Träume und malt sich die Zukunft aus. Er flüstert mir zu: „Auf dich habe ich mein Leben lang gewartet." Er hat immer eine Vorstellung gehabt von jemandem, der so aussieht wie ich. Als er mich sieht, ist ihm sofort klar: „Ich habe sie gefunden!"
Wo immer er erscheint, bringt er den Menschen Licht. Wenn er als Magier auftritt, hypnotisiert er die Leute mit seinem Charisma. Es ist fast, als sei er nicht von dieser Welt.
Mit ihm habe ich eine Liebe entdeckt, von der ich vorher nur geträumt hatte. Raphael sieht mich als Frau und behandelt mich wie eine Göttin. Er bewundert mich.

Er liebt sein Motorrad! Es ist eine riesige, schwarze Maschine. Spontan sage ich: „Ich hasse das Ding!" Trotzdem machen wir gemeinsame Ausflüge. Jedes Mal, wenn ich die Maschine besteige, fühle ich mich bedroht. Er versteht das überhaupt nicht. „Du übertreibst!"
Mit ihm ist jeder Tag eine Überraschung. Er steckt voller Ideen, erfindet dauernd etwas. Raphael ist ein Genie. Er zeigt mir, dass alles möglich ist. Dass du alles kreieren kannst, was du haben möchtest.
Ich lerne eine Menge von ihm. „Das Unmögliche existiert nicht. Das Leben ist magisch. Du musst

nur daran glauben." Er zeigt mir, was ich früher nicht sehen konnte: Ich kann mein Leben gestalten! Er ist der Beweis dafür, dass Träume wahr werden können.

Im Sommer wollen wir nach Ibiza. Raphael bereitet alles vor für den Umzug. Hindernisse tauchen auf: Er will einen Anhänger kaufen, um das Motorrad zu überführen und findet keinen passenden. Dann fährt er mit der Maschine auf einer Landstraße. Plötzlich springt eine Katze in den Weg. Er weicht ihr aus und überschlägt sich. Zum Glück ist ihm nichts passiert. Nur das Motorrad ist beschädigt und er bringt es in eine Werkstatt in Valencia.
Ich bin erleichtert, dass wir nun ohne dieses Monster nach Ibiza gehen. Es ist Ende Mai. Wir möchten ein Haus auf dem Land. Alle auf der Insel sagen: „Jetzt ein Haus finden? Das ist unmöglich."

Raphael ist zuversichtlich: „Wir werden eins finden!" Wir gehen von Tür zu Tür und fragen die Leute. Dann bekommen wir unser Traumhaus mit einem fantastischen Blick, direkt am Meer.

Unsere Beziehung wird immer fester. Ich bemerke, wie ich immer mehr uns liebe, nicht nur ihn. Für mich ist das eine neue Erfahrung. Eine Partnerschaft kann so großartig und so poetisch sein! Er führt mich in seine Zauberkunst ein. Wir planen, dass ich seine Assistentin werde und wir gemeinsame Vorstellungen geben. Wow, mein Leben ist jetzt in Ordnung!
Inzwischen hat Raphael das reparierte Motorrad aus Valencia geholt. Es ist Juni, die Straßen voll

und er besteht darauf mit dem Motorrad, statt mit dem Auto zu fahren. Ich gebe nach.
Jedes Mal, wenn ich mich hinter ihm auf die Maschine setze, zuckt ein kurzes Bild von einem Unfall durch meinen Kopf. Ich bin überrascht und versuche die Bilder zu vertreiben.

Eines Abends möchte er unbedingt, dass ich ihn zu einem Auftritt begleite. Er ist außergewöhnlich aufgeregt. Ich kann ihn mit meiner Anwesenheit beruhigen. Während er seine Kunststücke zeigt, unterhalte ich mich mit dem Barmann. Der meint: „Was seid ihr für ein schönes Paar. Seid vorsichtig! Wenn Paare nach Ibiza kommen, trennen sie sich normalerweise. Das ist mir auch passiert." Ich habe von diesem Mythos gehört. Wenn zwei gemeinsam auf diese Insel kommen, trennen sie sich. Wenn man hier auf der Insel zusammen kommt, soll das hingegen ewig halten.
Auf dem Rückweg erzähle ich Raphael von diesem Gespräch. Er wird ärgerlich, lässt seine Sachen fallen und fasst mich beim Arm.
„Weronika, ich sage es jetzt zum letzten Mal. Merke es dir gut: Es muss schon etwas wirklich Schreckliches passieren, damit wir uns trennen! Wir werden immer zusammen bleiben."
„Ok, ok, ich werde dieses Thema nicht mehr ansprechen", entgegne ich ihm.
Danach gehen wir noch tanzen. Alle Leute gehen schon und wir tanzen immer noch.
„Ich werde dich immer lieben."
„Wir werden immer zusammen sein."
„Ich bin so voller Liebe."

Es ist wie ein starkes Band zwischen unseren Seelen. Es fühlt sich an, als würden wir gerade heiraten.

***

21. Juni 2006

Wir wollen in ein Internetcafé. Wir nehmen unsere Laptops und fahren in die Stadt. Auf dem Weg nach Hause ist sehr viel Verkehr auf der Straße. Raphael beschleunigt und überholt die Autos. Er ist schnell, aber innerhalb der erlaubten Geschwindigkeit. Ich schaue auf den Horizont und hänge meinen Gedanken nach. Plötzlich fühle ich ein Schütteln. Ich schaue auf die Straße und sehe ein rotes Auto sehr nahe. In diesem Moment weiß ich: „Das war es!"
Ich fliege 15 Meter weit und lande in einer Palme.
Raphaels Kopf schlägt gegen das linke Autolicht und er bricht sich das Genick. Er ist sofort tot.
Sie bringen mich mit mehreren Knochenbrüchen und weiteren Verletzungen auf die Intensivstation des Insel-Krankenhauses. Keiner erzählt mir etwas von Raphael. Erst als ich die Intensivstation verlassen darf, sagt mir mein bester Freund, dass Raphael tot ist. „Was für ein geschmackloser Witz!"

Zum Glück bin ich vollgepumpt mit Schmerzmitteln. Das hilft. Ich bin sehr dankbar, dass ich sechs Wochen im Krankenhaus bleiben muss. Ich erlebe diese Zeit gleichzeitig als schmerzhaft und sehr schön, reich an Geschenken.

Ich betrachte meine Wunden, die gut verheilen. Je besser sie verheilen, desto näher bin ich der Entlassung. Aber ich will nicht raus. Ich will nicht ohne Raphael ins Leben zurückgehen. Ich habe Angst und schaue auf meine Hände, die seine Hände vermissen. Ich will meine Hände nicht sehen, ich will mich nicht berühren. Das tut weh.

Letztlich finde ich die Liebe zu mir selbst. Ich erinnere mich an den Moment, als ich nach zwei Wochen zum ersten Mal versuche, mit den Krücken zu laufen. Ich sehe mein Bild im Badezimmerspiegel und weine vor Liebe. „Diese Frau, ich liebe sie so sehr!" Es ist ein plötzlicher Ausbruch von Liebe. Unglaublich! „Ich liebe dich, wow!"

Ich merke, dass es das Wichtigste ist, gesund zu sein, für meine Gesundheit zu kämpfen.
Was mir außerdem hilft sind die vielen Besucher. Meine Mutter ist direkt nach dem Unfall aus Polen angereist. Wir zählen ungefähr sieben Besucher täglich. Immer andere Leute. Sie kommen mit Instrumenten, um Musik zu spielen. Sie geben mir Massagen, verzieren meinen Körper mit Henna-Tattoos, bringen makrobiotisches Essen. Alles was du dir nur vorstellen kannst. Ich bin so dankbar, fühle mich so gesegnet! Ich kann es kaum glauben. Manchmal denke ich, es ist Raphaels Energie. Ich fühle ihn hier.

Im Krankenzimmer habe ich einen kleinen Altar aufgebaut mit Raphaels Foto, Blumen und Rauchwerk. Die Krankenschwestern kommen oft und fragen mich Dinge über das Heilen. Wir lachen viel: Das sieht aus als würde ich sie zu einer Konsultation empfangen.

Während meine Mutter da ist, nehme ich mich zusammen. Nachdem sie nach Polen zurück fährt, fühle ich mich sehr allein. Aber wieder geschehen magische Dinge: Ich höre ständig Raphaels Stimme auf Französisch zu mir sagen: „Weronika, mach dir keine Sorgen. Mir geht es gut. Es wird alles perfekt sein. Alles ist gut. Ich liebe dich mehr als alles andere."

Eines Tages sitze ich im Wartezimmer der Klinik zu einer Nachkontrolle. Ich spreche in Gedanken mit Raphael und bitte ihn um Hilfe bei einigen Problemen. Da klingelt das Telefon meiner Sitznachbarin. Der Klingelton ist die Melodie, die Raphael bei seinen Auftritten gespielt hat. Die Frau geht ans Telefon und sagt: „Hola, hola?" Niemand ist am anderen Ende.
Beim nächsten Arztbesuch sitzt Frau wieder da und ihr Telefon klingelt erneut. Es ist ein anderer Klingelton und dieses Mal ist tatsächlich jemand in der Leitung. Das ist wirklich verrückt.

Ein anderes Mal habe ich eine Verabredung. Ich soll um 8 Uhr morgens aufstehen. Mein Wecker klingelt nicht. Was passiert? Raphaels Foto fällt auf mein Gesicht, genau in dem Moment, als der Wecker klingeln soll!

Das größte Geschenk, das ich durch Raphael erhalten habe ist der Glaube an die Magie des Lebens!

Weronika

Muschi-Himmel

Ich halte einen Vortrag bei einer großen Firma in Houston. Und da ist dieses Mädchen. Sie verhält sich, als würde sie denken: „Was ist das für ein Idiot?"
Am Ende meiner Rede steht sie abrupt auf und stolziert aus dem Raum. Das ist wirklich unhöflich, aber ich denke: „Sie mag mich!" Ich weiß, dass es so ist. Sie will nur meine Aufmerksamkeit auf sich lenken.

In der Pause im Foyer stelle ich mich hinter sie. Ich bin kein Heiler, aber ich kann Energie bewegen und fühle Hitze in meinen Händen. Sie dreht sich neugierig um, um zu sehen, was da gerade passiert. Später sagt Linda: „In diesem Moment dachte ich nur, dass ich für den Rest meines Lebens in dieser Energie sein wollte."

Es stellt sich heraus, dass diese Frau eine Libido hat wie ein sechzehnjähriger Junge. Sie will es überall und oft. Mehr, besser, anders. Ich fühle mich wie gestorben und im Muschi-Himmel. Heilige Scheiße, da ist eine Frau, die sogar mehr Sex will als ich! Also ständig.
Gleichzeitig ist sie fies, zickig und tyrannisch, aber ich sehe das nicht. Alles, was ich will ist Sex mit ihr.

Linda mag Geld und ich verdiene mehr Geld für sie, als sie es sich jemals erträumt hat. Liebe und Sex ist für einen Mann ein und dieselbe Sache, so wie für die Frau Liebe und Geld das Gleiche ist. Nur dass eine Frau dir das nie sagen wird.

Der Sex mit ihr ist großartig, unglaublich vertraut. Mein Herz geht da direkt mit. Ich bin ihr lebenslänglich verschrieben. Ich werde sie nie verlassen. Ich gehöre ihr, komme, was da wolle und so heiraten wir. Mit jedem Kind, das geboren wird, schwingt das ganze Haus in der Leidenschaft unserer Verbindung.

Thomas

Das große Herz für alle

Diesen Sommer lernte ich jemanden kennen. Ich weiß nicht, ob es Liebe war, aber wir hatten eine schöne Verbindung. Michael war sehr einfühlsam und wir waren gleich vertraut miteinander. Er machte mir Geschenke und lud mich zum Abendessen ein. Es war eine nette, romantische Zeit. Er widmete mir sogar den Song „No ordinary love" von Sade.

Obwohl diese Liebschaft nur zwei Monate dauerte, war es von Anfang an großartig und wir sind immer noch gute Freunde. Ich mag diese Art von Beziehung, wenn später eine Freundschaft bleibt. Es ist schön zu wissen, er möchte das Beste für mich und ich möchte das Beste für ihn.

Letzte Nacht habe ich Carlo getroffen, mit dem ich vor einem halben Jahr zusammen war. Er wollte mich wieder sehen und wir haben gerade eine sehr angenehme Zeit miteinander.

Alle Männer, die ich mag und mit denen ich intim werde sind meine große Liebe. Sie öffnen ihr Herz, wenn ich sie anerkenne und sie spüren, dass ich es ehrlich meine. Es ist nicht nur Sex, es wird mir warm ums Herz.

Eines Tages treffe ich vielleicht DIE eine große Liebe, aber momentan liebe ich alle Männer, mit denen ich zusammen bin.

Melanie

Der Collegering

Dienstag um 16 Uhr lande ich in Houston. Mittwochnachmittag gehe ich zu einer Visitenkartenparty, die ich in Facebook entdeckt habe. Dort treffe ich Robert.

Die Veranstaltung findet in einer Restaurant-Bar statt. Ich sehe jede Menge Männer in Anzügen und Krawatten. Es gibt nur wenige Frauen. Ich fühle mich ein bisschen unwohl. Obwohl ich Männer mag, fühle ich mich eingeschüchtert.
Ich habe mir vorgenommen, mindestens drei Menschen kennen zu lernen. Ich treffe mehr. Viele Männer kommen auf mich zu. Sie fragen nach meiner Visitenkarte, geben mir ihre und wir unterhalten uns ein wenig. Dann geselle ich mich zu einer gemischten Gruppe an einem Stehtisch.

Meine Augen wandern umher. Da fällt mir plötzlich dieser Mann auf, der in ein paar Metern Entfernung mit einer Frau spricht. Wir schauen uns kurz in die Augen. Ich mag ihn von der ersten Sekunde an. Er sieht nett aus, ist groß und trägt einen modischen Blazer. Er wirkt ruhig und überlegen. Sofort sehe ich einen Ring an seinem Finger und überlege: „Ist das ein Ehering, oder ein Collegering? – Es könnte ein Collegering sein."

Ich bin neugierig und beschließe, zu ihm zu gehen. Zu meiner Überraschung unterbricht er in diesem Moment die Konversation mit seiner Gesprächspartnerin und kommt zu mir. Er übernimmt sofort das Gespräch am Tisch. Ich werde immer aufgeregter.

Auf meine neuen Bekannten am Tisch geht er gar nicht ein, obwohl ich ihn vorstelle. Er ist nur an mir interessiert. Er fragt mich jede Menge persönliche Sachen und beginnt mit mir zu flirten. Auf einmal nähert er sich und will mir einen Kuss geben. „Halt, das hier ist ein Geschäftstreffen!" Ich wehre ihn ab. Hat er schon ein paar Drinks genommen? Er ist überhaupt nicht in Businesslaune und schlägt vor: „Diese Veranstaltung hier ist geschäftlich. Lass uns in eine andere Bar gehen."

Wir schlendern zu unseren Autos. Lustig: Die haben wir nebeneinander abgestellt, obwohl wir uns vorhin noch gar nicht kannten!
Wir fahren in eine andere Bar, wo wir viel Spaß haben. Wir kommen uns näher und jetzt darf er mich küssen. Ich genieße es. Am Ende landen wir in seinem Apartment.
Wir haben eine fantastische Nacht miteinander! Wir schlafen nicht viel. Er sagt mir, es sei Liebe auf den ersten Blick. „Ich liebe dich und möchte, dass du mit mir lebst."
Für mich ist es das perfekte Timing: Ich suche eine Bleibe, habe keine Lust, bei meiner Mutter in Houston zu leben und ich mag diesen Kerl. Er macht auf mich den Eindruck eines Geschäftsmannes, der Geld bewegt. Das zieht mich an, denn ich will mehr als nur eine Romanze. Wir treffen uns Samstag erneut und am folgenden Dienstag ziehe ich bei ihm ein.

Mir gefällt, dass wir in weniger als einer Woche zusammen gekommen sind. Wir passen gut zusammen. Ich denke, wir werden ein großartiges

Power-Paar sein und lange zusammen bleiben. Er sagt was von „... wenn wir heiraten..."

Übrigens: Es war ein Collegering.

Antonia

Dublin

Meine erste große Liebe trat in mein Leben, da war ich 26, vor fast 12 Jahren. Damals bin ich nach Irland gezogen in eine ganz besondere Stadt.
Da stehe ich nun mit meinem Koffer. Wenn man Dublin kennenlernt, verliebt man sich nicht auf den ersten Blick, wie etwa in Paris oder Rom.

Aber bald sehe ich, dass Dublin viel zu bieten hat: Kultur, Musik, Menschen, nicht zu vergessen die Pubs. Ausgehen, Clubs, die Lounge-Bars, die alten tollen Hotels. Alles fasziniert mich. Ganz viel Geschichte ist dort zu finden.
Insbesondere mag ich die Menschen. Die feiern, wie ich es nirgendwo anders erlebt habe. Ich sage immer: „Die Iren sind die Griechen im Norden. Die feiern bis zum Umfallen. Und ich bin mitten drin!"

Die Stadt liegt am Meer. Ich freue mich, von der City in 15 Minuten im Zug ans offene Meer zu fahren. Es ist so ein tolles Gefühl, dort draußen im frischen Wind zu stehen.
Wenn Dublin ein Mann wäre, würde ich ihn vom Fleck weg heiraten.
Das hört sich vielleicht merkwürdig an. Aber auch James Joyce und andere große Dichter sprechen davon, dass es diese Liebe gibt zu einem Ort, zu einer Stadt. Seitdem ich das gelesen habe, fühle ich mich nicht mehr so ganz verrückt.
Ich bin so verliebt in diese Stadt. Das kann ich gar nicht mit Worten beschreiben. Ich bin süchtig nach ihr. Alles was ich in Dublin erlebe, ist

Ekstase. Soviel Freude und Spaß, die beste Zeit meines Lebens! Ich genieße einfach alles.

Dann kommt der Abschied. Ich stehe auf der Fähre und weiß, es wird nie wieder so sein. Da ist dieses Gefühl eines unendlichen Verlusts. Als wenn dir jemand das Herz heraus reißt und du plötzlich alles verlierst: deine große Liebe.

Johanna

Mein Lottogewinn

Damals war ich verrückt nach Dublin. Heute bin ich ein echter Glückspilz, denn ich habe meinen tollen Mann kennengelernt. Da ist nicht dieses sich Verlieben, dieses „Falling in Love", wo man so in die Liebe fällt. Und irgendwann wacht man auf und denkt: „Oh, das Kribbeln ist ja weg."
Es ist vielmehr so, dass wir sehen, wer der andere ist, was der will im Leben. Wir helfen einander, das zu bekommen, was wir im Leben möchten.

Das ist eine sehr respektvolle, eine innige und ruhige Liebe. Wir vertrauen uns vollständig. Mein Coach sagte neulich zu mir: „Man sucht sich jemanden, bei dem man sieht, dass er Hilfe braucht und dann verpflichtet man sich, dem anderen zu helfen bei dem, was er will. Ohne Einschränkung."
Mein Mann und ich wollen einander einfach so nehmen wie wir sind. Wir bereiten uns gegenseitig eine gute Zeit und bringen uns zum Strahlen.
Eine Ehe als Team zu führen hat eine wunderbare Qualität, auch wenn man vielleicht einwenden mag, dass das nicht gerade romantisch klingt.
Romantik gibt es auch zwischen uns. Wir haben dafür einen richtigen Stundenplan. Ich bin gar nicht mehr so interessiert an dem Verliebtsein Das ist oftmals mit Schmerz und Drama verbunden und man hält sich gegenseitig zurück.

Ich bin dankbar dafür, dass ich mit einem Partner in einem Team zusammen sein kann. Ich kann jede Frau nur dazu ermuntern, sich einen Mann zu suchen, der bereit ist, Instruktionen zu folgen.

Einen Mann, der neugierig ist auf ein Spiel, das man teilweise zusammen und teilweise alleine spielen kann. Aber der Fokus ist immer: „Wie kann ich DIR helfen, damit DU weiter kommst."
Das ist, wie im Lotto zu gewinnen. Ich habe beim Universum nach einem Partner gefragt. Es sollte nicht nur auf emotionaler, spiritueller Ebene funktionieren. Ich wollte, dass wir uns mögen und voneinander angezogen sind. Ein halbes Jahr bevor ich ihn getroffen habe, habe ich gemerkt, da kommt etwas. Es war nicht so, dass ich danach gesucht habe. Ich habe einfach angefangen, mein Leben zu leben. Ich mochte mein Leben richtig gerne. Da kam er dann dazu. Das finde ich klasse und dafür bin ich sehr dankbar.

Johanna

Zum 70. Geburtstag

Hallo mein Liebling,

vor 50 Jahren hast Du den letzten meiner eintausenddreihundertundsex Liebesbriefe erhalten. Es ist endlich an der Zeit einen neuen zu „erschaffen". Und da der öffentlich „zur Schau gestellt wird", ist das gar nicht so einfach!

Meine liebste Sigrid,
es ziehen runde 56 Jahre Gemeinsames an meinem geistigen Auge vorbei. Von den ersten Blicken beim Tennisspiel bis zum Kennenlernen bei Hildegards Geburtstag. Der erste zaghafte Kuss.

Meine Güte, wir mussten so viele Stunden, Tage und Monate alleine verbringen! Es war nur durch die täglichen Briefe auszuhalten, in denen wir uns tausend Küsse hin und her schickten.
Dann endlich: Nachdem ich eine Wohnung gefunden hatte, durften wir heiraten. Ein halber Schritt war's nur. Weil Du ja noch wochenlang in Frankfurt arbeiten musstest und ich in Zweibrücken. Dieser Pendelverkehr an den Wochenenden!
Pendeln und Verkehr brachte uns zu unserem ersten Prachtmädchen. Harte, aber auch schöne Zeiten! Schade, dass ich kein Patent auf's Windeln waschen im Klo bekam. Unsere erste Waschmaschine löste meine „Kloschwenkungen" ab.
Was war ich stolz mit dem schicken Kinderwagen und der braven Tochter durch den Rosengarten zu

spazieren. War ich doch damals der erste Mann, der einen Kinderwagen durch die Stadt schob. Dann kam der zweite Wonneproppen zur Welt und gleichzeitig eröffneten wir den Schuhladen.
Weißt Du noch, wie Du zwischen Schachtelrücken, Kassieren, Buchen und Kundengesprächen mit durchgeweichten Blusen nach Hause flitzen musstest, um Jutta zu stillen? Abends bist du über der Additionsmaschine eingeschlafen.

Denkst Du noch an den Tanzkreis? Wir, die „Spezialisten" für Cha Cha Cha! – Haha
Erinnere Dich an unsere Hamsterzucht mit den niedlichen Jungen, die mit vollgestopften Backentaschen unsere Vorhänge raufkletterten.
An Stups, unseren feschen Pudel, der die Stange Salami vom Tisch klaute und abpellte, bevor er sie verspeiste. Sein Durst war anschließend groß! Wie uns kundgetan wurde, dass unser Herr Pudel Vater geworden ist. Der alte Feger.
An die vielen Stallhasen, Hühner und Ziegen. Unsere Wellensittiche, den Haubenkardinal und die Kanarienvögel. Ja – vögeln ist schön.

Denkst Du noch an die vielen Stunden, die wir mit der Reiterei verbrachten? Unsere schönen Ausritte in aller Frühe über taunasse Wiesenwege? An die bangen Zeiten, wenn ein Pferd krank war? Und die arbeitsreichen Vorbereitungen zu den Turnieren? Oder an unsere legendären Grillfeste!

Mein Schatz, danke für Dein stundenlanges Wachen und Deinen heilenden Zuspruch nach meinen vielen Operationen.

Damit wir länger gesund bleiben, walken wir durch die Lande. Von der Pfalz bis zum Kaiserstuhl, vom Hohen Fenn bis zur Schwäbischen Alb und all den anderen schönen Örtchen! Was bin ich happy, dass Du willig mit mir herumfährst!

Das Alles, meine Liebe, weil wir trotz allem so gut zusammengehalten haben!
Ich danke Dir für alle unsere gemeinsamen Erlebnisse, wünsche Dir einen schönen 70. Geburtstag und uns noch viele glückliche, gesunde Jahre.

Nun, mein lieber Schatz, höre ich auf. Stoff hätte ich um ein dickes Buch zu füllen! Vielleicht mache ich es später mal. Aber welcher Rentner hat denn schon Zeit?
Herzlich grüßt Dich Dein alter, Dich wirklich sehr liebender

Hans

Der Auftritt

Endlich ist er da: Der große Tag des Bühnenwettbewerbs an der Universität. Ich bin richtig aufgeregt. Gleich habe ich meinen Comedy-Auftritt. Der Zuschauerraum fasst 1.200 Sitze plus Stehplätze. Es sind ungefähr 1.400 Leute da. Eine große Bühne und eine Jury.

Die Darbietungen der anderen nehmen kein Ende. Ich bin als Letzter dran. Ich überspiele meine Nervosität und blödle mit den Leuten hinter der Bühne herum.
Auf einmal höre ich meinen Namen. Los geht's! Vom ersten Moment auf der Bühne an gehört mir das Publikum. Kannst du dir vorstellen, wie sich das anfühlt, wenn 1.400 Leute über dich lachen? Das ist der Wahnsinn!

Nachdem ungefähr drei viertel meines Auftritts gelaufen sind, passiert etwas wirklich Abgefahrenes: Ich befinde mich außerhalb meines Körpers, beobachte mich, betrachte das Publikum. Alles andere ist verschwommen. Und was ich sehe, ist perfekt!

Am Ende verbeuge ich mich und 1.400 Leute springen von ihren Stühlen. Da ist nur Applaus und Lachen. Ich habe ihnen alles gegeben, nichts in mir gehalten. Und sie geben es zurück! Ich fühle bedingungslose Liebe im ganzen Publikum.

Du kannst das nicht kontrollieren. Es ist wie „Es hat mich gefunden". Du kannst nichts dafür tun, um so eine Höchstleistung zu erreichen. Es passiert einfach – mitten in der Routine. Ich bin wie betrunken und gewinne den Titel für den besten Einzelauftritt!

Vincente

Die Schrift

Schriftkunst. Sich ausdrücken in Schrift, das ist es! Ich habe ganz früh mit dem Schreiben angefangen. Mit knapp fünf oder so. Und nun kam die Kalligraphie noch dazu. Es war immer mein Traum, mit meiner Schrift Geld zu verdienen.

Entweder ist Schrift schön und ordentlich und hat einen Ausdruck, oder sie sieht nicht akkurat aus. Die unpräzisen Sachen kannst du direkt in die Tonne schmeißen. Wenn ich eine Feder in die Hand nehme, sie in Tusche tauche und einfach Bögen und Schriftzeichen auf Papier male – diese Symbiose zwischen Papier, Schreibgerät und Tusche – ergibt das etwas Schönes. Hinterher schaue ich mir das an wie einen Geliebten.

Auf meinem Auto steht: Andere malen mit Farbe, wir malen mit Leidenschaft. Ich schreibe mit Leidenschaft.

Ich wähle jedes Schreibgerät sorgfältig aus. Nehme ich diesen Stift oder jenen. Ist die Halterung abgebrochen, dann kannst du den Stift gleich vergessen. Man sieht genau, wenn ich schlecht drauf bin und etwas schreibe. Vielleicht benutze ich dann sogar einen Kugelschreiber. Sonst weiß ich genau, welchen Stift ich nehmen will, welcher zu meiner Stimmung passt.

Ich mag es, für besondere Anlässe zu schreiben. Wenn die Leute etwa bei einem Dinner vor ihrer Tischkarte sitzen und sagen: Das ist aber schön". Es ist, als berühre ich das Herz mit Schrift. Da kriege ich jetzt Gänsehaut.

Angelina

Die zweite Chance

Gernot war einundzwanzig, ich war siebzehn. Wir waren zweieinhalb Jahre zusammen. Dann zog er in die USA und ich zum Studium.
Dort begegnete mir ein Mann, den ich unbedingt haben wollte. Also machte ich mit Gernot Schluss. Der litt ziemlich darunter. Zweieinhalb Jahre war ich mit diesem Studienfreund zusammen.

Schon mit Anfang 20 wusste ich, dass Gernot die Sachen lebt, die ich auch gerne lebe. Nach meinem Intermezzo mit dem anderen sagte er jedoch: „Nee Mädel, du kannst mich mal. Du hast mich einmal rausgeschmissen. Ich will jetzt nicht mehr. Es gibt noch andere Frauen."

Wir haben uns immer wieder getroffen, denn wir stammten aus derselben Stadt und hatten die gleichen Freunde. Er hatte seine Freundinnen und ich hatte meine Beziehungen. Wir kamen uns näher und gingen wieder auseinander. So ging das dreizehn Jahre lang.
Mit Anfang 30 habe ich dann gesagt: „Mein Schatz, so geht das nicht weiter. Ich möchte einen Partner haben und Kinder. Entweder du machst mit, oder nicht." Er spürte, wenn er jetzt nicht aufpasste bin ich weg. Ein Jahr später heirateten wir und ein weiteres Jahr später war unser Sohn geboren.

Irgendwann beichtete er mir mal: „Weißt du, dich konnte ich ja immer haben. ‚Die habe ich ja noch in petto', habe ich gedacht." Bis er sich überlegte, ob er weiter als Single durch die Welt

marschieren, oder eine Familie gründen wollte. Wenn Familie, dann wäre ich die Passende.
Unsere Ehe hielt zwölf Jahre. Wir meisterten in der Zeit vieles. Ich hatte meine Altbauvilla, mein Kind, meinen Job, meinen Mann, mein Auto. Eines Tages merkte ich, dass da gar keine Schmetterlinge mehr im Bauch waren. Ich war der Meinung, es müsste immer kribbeln. Dann kam es zur Ehekrise. Er hatte ein Verhältnis, ich hatte ein Verhältnis. Das kam ziemlich schnell heraus. Ich wollte die Scheidung und er sagte: „Nein, das ist mir zu teuer. Wir haben ein Kind und außerdem habe ich mich für die Familie entschieden und um sie kämpfe ich jetzt."
Dieser Kampf dauerte zwei Jahre. Ein Jahr lang fetzten wir uns richtig. Es war eine schlimme Zeit. Dadurch bin ich zu meinem heutigen Job gekommen. Nämlich „How to Talk to Men"-Seminare zu geben.

Ich hatte Gernot früher sehr viel kritisiert. Ich wollte immer, dass er alles so macht, wie ich. Sei es nun beim Kochen, Küche aufräumen oder sonst einer Tätigkeit. Ich hatte ihn immer nur fertig gemacht. Durch den ganzen Alltagstrott und -stress sah ich seine Qualitäten nicht. Meine eigene Wut und Unzufriedenheit ließ ich an ihm aus. Er war an allem Schuld. Er wollte mir helfen, aber er wusste nicht wie. Ich wollte seine tollen Ratschläge auch nicht hören.

Ich lernte, wie Männer ticken, wie Frauen ticken und begann, ihn anders zu behandeln und zu schätzen. Nach zwei Jahren vertrauten wir uns wieder und hatten Spaß miteinander. Seitdem leben wir eine komplett andere Beziehung. Wir haben eine tiefe Verbindung, sind zuverlässig, behandeln uns vertrauens- und respektvoll.

Wir sorgen dafür, dass der Andere das bekommt, was er braucht. Gernot etwa hat angefangen, Motorrad zu fahren. Ich fahre nicht Motorrad. Ich mache meine Trainings.
Das ist ein tolles Gefühl. So eine Harmonie und Verlässlichkeit gibt Kraft.

Petra

Terry aus St. Louis

Ich treffe ihn in einer Kneipe in Schweinfurt, in der die amerikanischen Soldaten verkehren. Er ist mit einer meiner Freundinnen zusammen. Ich verknalle mich sofort in ihn und spanne ihn meiner Freundin aus. Er ist mein erster Mann.

Er hat mir etwas vorgemacht, aber für mich ist er meine große Liebe. Mit dem wollte ich Kinder, alt werden, alles.

Als ich 17 bin, geht er nach Amerika. Ich sage: „Ich komme nach. Zuerst muss ich meine Schule fertig machen." Dezember, wir sind schon auf dem Weg nach Frankfurt, da ist dieser Blitzeis-Regen. Ich denke: „Fein, jetzt kann er nicht weg." Aber mein Bruder bringt uns wohlbehalten zum Flughafen. Und dann verabschiede ich mich.

Ein drei viertel Jahr schreiben wir uns glühende Liebesbriefe. Er schreibt mir, er könne es kaum erwarten dass ich komme. Seine Eltern seien schon ganz neugierig auf mich. Und irgendwann habe ich nie mehr etwas von ihm gehört. Das hat mir das Herz gebrochen.

Ich heirate zwar jemand anderen und komme mit ihm nach Amerika, aber nicht nach St. Louis, wo Terry her war, sondern ich lande in Massachusetts. Später trenne ich mich von meinem Mann und gehe zurück nach Schweinfurt. Es lässt mir keine Ruhe und ich bekomme die Nummer von Terry heraus, rufe ihn an und erfahre, dass er mit einer Theresa verheiratet ist.

Ich habe 10 Jahre gebraucht, bis ich diesen Mann mehr oder weniger vergessen habe. Noch heute denke ich von Zeit zu Zeit, ich müsste mal nach St. Louis.

Stephanie

La Palma

„Nächstes Jahr sitzt du im Süden, hast einen Partner und beherbergst Leute" habe ich mir gesagt. Ich bin systematisch vorgegangen und habe mich gefragt, wen ich im Süden kenne.
Da sind Erika und Klaus, die ein Wanderbusiness auf La Palma haben. Bei denen melde ich mich mal und besuche sie. Gesagt, getan. Im Juli geht es los. Sie schicken mich zu Heinrich auf den Campingplatz, weil sie selbst kein Gästezimmer haben.

Bei Heinrich kann ich billig übernachten. Zwei Wochen bleibe ich dort. Wir kommen ins Gespräch. Ich finde ihn interessant. Weiter denke ich zunächst nicht und fliege wieder nach Deutschland.

Zwei Monate später schreibt Erika – sie ist Beziehungscoach – sie habe zu Heinrich gesagt: „Wenn dir an Katharina was liegt, schreib ihr eine E-Mail." Und das tut er. Ich bin gerade in Italien und denke: „Oh, der hat mich ja wohl ganz gern und ist vielleicht interessiert an mir. Das verfolge ich jetzt mal weiter."
Und so schlage ich kurzerhand meiner Freundin, die ans Meer fahren möchte, vor: „Ich weiß wohin. Ich hab Anfang November Zeit. Wir fliegen nach La Palma." Sie kommt mit. Elsa ist Berlinerin und auch so eine verrückte Nudel wie ich. Wir machen Heinrichs Bude unsicher. Der hat zwischen zwei Wohnwagen seinen Wohnraum gebaut, mit Küche und Terrasse. Heinrich wohnt in einem Wohnwagen, wir in dem anderen. Wir sind da

schon ziemlich privat bei ihm untergekommen und haben eine super Zeit miteinander, lachen viel und es knistert zwischen uns.

Nach einer Woche fährt die Elsa zurück. Ich bleibe, habe ja nur ein Hinflug-Ticket gebucht. Kurz danach kommen Heinrich und ich zusammen. Letztendlich bin ich über vier Jahre in La Palma geblieben und hatte eine schöne Zeit mit Heinrich.

Katharina

Allerliebste Mimi

Was ist denn das für eine Schachtel? Beim Aufräumen des Speichers fällt sie mir ins Auge. Ich gucke neugierig hinein und finde unter anderen Papieren einen Liebesbrief meines Großvaters an meine Großmutter. Das Berufsleben meines Großvaters war von Schuhen bestimmt, vielleicht hat er ihr deshalb gerade dieses Geschenk gemacht.

10. Hornung 1934

Allerliebste Mimi!

Wenn du heute die Schühchen in Empfang nimmst, so betrachte die Gabe nicht als Geschenk gemeinhin. Es bedeutet für mich viel mehr, denn es gehen viele, viele Tropfen Herzblut damit weg. Meine tiefe Liebe – glaube mir, sie ist aufrichtig und rein – (es ist das erste Mal, dass ich diesen Ausdruck in direkter Sprache zu dir gebrauche) wird durch das Geschenk inniger und zäher. Bruder und Schwester sind wir schon längst geworden.
Das eine weiß ich, dass ich unabänderlich mit ganzer Seele dir verkauft bin. Preise mich glücklich in so hohem Maße Liebe entgegennehmen zu können ohne sie erwidern zu müssen.
So wie ich bereit war, mein Leben dem Vaterland zu opfern – Glut und Gesundheit gab – so kämpfe ich und warte auf dich (vielleicht ist's mein Leben)!
Dein treuer Diener
Otto Schmitz

Fürstlich

Ich auf Kreuzfahrt? Mit Schlips und Kragen und diesem ganzen Tohuwabohu? Da passe ich doch gar nicht hin, ist meine erste Reaktion auf die Frage meines Chefs, ob ich Nierenkranke auf einer Schiffsreise betreuen wolle. Nachdem ich eine Nacht darüber geschlafen habe, sage ich zu.

Die Reise führt uns ins östliche Mittelmeer. Nach Genua mit der Bahn. Der Reiseleiter zeigt mir, wie ich zum Schiff komme. Es geht direkt los. Gleich soll auch schon die erste Blutwäsche eines Patienten stattfinden. Ich kenne zwar die ganzen Geräte, diese hier jedoch kommen aus London. Alles ist in Englisch und läuft in die entgegengesetzte Richtung, wie ich es gewohnt bin. Das Bedienfeld ist links. Die Pumpe dreht sich nicht nach rechts sondern nach links. Total konfus.

Nach einer kurzen Eingewöhnung genieße ich den Aufenthalt am Schiff, das Meer, die einzelnen Häfen und Länder. Ich habe immer mehr Spaß: Gemeinsam mit einem Kollegen und dessen Frau mache ich Ausflüge an Land. Ziemlich spannend!

Nach der Reise begrüßen mich meine Kollegen mit einem großen Banner „Herzlich Willkommen zurück." Das rührt mich total.
Zwei Tage später meldet sich Dr. Richards, der Initiator der Aktion, und fragt, wie es mir gefallen hat. „Die Patienten waren sehr zufrieden mit Ihnen. Möchten Sie eine weitere Kreuzfahrt begleiten?" Und so bin ich einen Monat später

wieder auf großer Fahrt. Es folgen viele weitere Reisen.
Zuerst sieben, acht Mittelmeertouren, dann geht es bis an die Eismeergrenze. Ich besuche die nördlichste Siedlung der Welt. Es ist schweinekalt dort, minus 35 Grad, aber von der Natur bin ich hin und weg.

Wenn das klappt, dann kann auch etwas anderes funktionieren, sage ich mir, Karibische Inseln oder Südsee wären auch nicht schlecht. Jedes halbe Jahr bekomme ich einen Plan, wohin die Reisen führen. Wenn ich die Dialysepatienten mitbringe, kann ich mir aussuchen, wohin ich will. Und so mache ich das.

Die erste Reise in die Karibik dauert ungefähr sieben Wochen. Wir fahren von einer Insel zur nächsten. Der Hammer! Es ist traumhaft. Ich kann das gar nicht beschreiben. Nachts auf einer Liege an Deck, in eine Wolldecke eingemummelt den Sonnenuntergang zu beobachten und dabei einen Drink zu genießen – es ist so schön, dass mir die Worte fehlen. Wow!
Da mich Asien schon immer interessiert, ist das mein nächstes Ziel. Ich fliege nach Bangkok und reise über Singapur, Malaysia nach Bali.

Asien ist meine große Liebe. Es ist etwas Besonderes, in einer alten Jeans und T-Shirt durch Bangkok zu gehen, an der Straße etwas zu essen und mich mit Einheimischen zu unterhalten. Die Gerüche nach Essen und Gewürzen, die Menschen, ihre Offenheit und Herzlichkeit fesseln mich.

Mein Luxusproblem: Ich bin auf Bali und gestresst von der Arbeit. Ich steige in ein Taxi und sage dem Fahrer: „Ich möchte in ein abgelegenes Hotel, wo nicht so viele Touristen sind."
Er fährt mich auf Umwegen in eines der teuersten Hotels der Welt. Dort werde ich königlich empfangen, es fehlt nur noch, dass man mir die Füße küsst. Durch die Zimmer dieses Hotels weht eine Atmosphäre von Harmonie und Liebe.

„Darf ich den Hotelstrand nutzen? Ich bin vom Schiff und habe nur wenig Zeit", frage ich. Es begleitet mich jemand zum Strand. Jeder Gast erhält seine eigene Hütte mit Doppelbett und Liegestühlen davor, seinen eigenen Butler und seinen eigenen Masseur. Ich fühle mich wie ein Fürst und genieße meinen kleinen Ausflug in vollen Zügen.

Von einigen Reisen habe ich Videoaufnahmen. Wenn ich sie mir anschaue, hüpft mein Herz.

Eberhard

Lesbisch

Mal wieder ein Wochenendtraining, bei dem es um Selbsterfahrung geht. Deine Erkenntnisse kannst du sofort auf der Bühne vortragen. Als am Samstagabend ein junger Mann auf die Bühne kommt, denke ich: mich tritt ein Pferd. Das ist genau mein Mann! Genau DER, DEN will ich!"

Was mache ich jetzt? Hundert Leute hier, keine Ahnung wie er heißt, wer er ist. Als er mit seiner Rede fertig ist, verfolge ich ihn mit meinem Blick. Doch ich sehe nicht, wo er sitzt, und danach ist gleich Pause. Auch in der Pause finde ihn nicht.
Nach der Pause setze ich mich enttäuscht auf einen Gangplatz. Ich krame gerade in meiner Handtasche als er vor mir steht und sagt: „Ja, genau mit dir wollte ich sowieso noch reden."
Wie vom Himmel gefallen! Ich sitze da wie versteinert. Mein Prinz hat ebenfalls versucht, mich kennen zu lernen.

Nach dem Wochenende geht jeder seiner Wege. Wir haben unsere Telefonnummern ausgetauscht. Ich traue mich jedoch nicht, ihn anzurufen. Eine Woche später meldet er sich bei mir. Er liege gerade in der Badewanne und habe endlich den Mut, mich anzurufen. Er möchte mich kennen lernen. Wir vereinbaren ein Treffen. Es ist Liebe auf den ersten Blick. Einfach so, zack. Es passt. Drei Monate später ziehen wir zusammen.

Ist das der siebte Himmel? Da können die tollsten Männer in meinem Umfeld auftauchen, ich blende alle aus. Für mich gibt es nur ihn. Wir arbeiten viel und besuchen Seminare zu unserer persönlichen Weiterentwicklung. Das trägt dazu bei, dass es zwischen uns so gut läuft.

Nach acht Jahren wird es schwierig. Er fängt an, fremd zu gehen. Ich merke es, er streitet es ab, bis ich ihn in flagranti erwische: Auf einer Messe komme ich dazu, wie er sich mit einer Frau küsst. Er widerspricht immer noch: „Ich war völlig betrunken und es ist ja nichts passiert." Mit Ach und Krach lasse ich das so stehen und versuche, damit umzugehen.

Eine Zeitlang betreuen wir samstags das Geschäft von Freunden. Da taucht eines Tages eine Frau auf. Manchmal sprechen wir lange miteinander. Sie erzählt mir, sie sei lesbisch. Sie besucht gerne die Veranstaltungen unserer Freunde wo sie meinen Lebensgefährten einmal gesehen hat. Sie würde ihn gerne kennen lernen. Für mich klingt das komisch. Ich bin nicht bereit, die Verbindung herzustellen. Später trifft sie ihn im Laden, als ich nicht da bin. Sie will ihn unbedingt näher kennen lernen. Zuhause erhalte ich seltsame Anrufe. Wenn ich den Hörer abnehme, wird aufgelegt. Das wird mir erst im Nachhinein bewusst.

Dann fahre ich zwei Wochen auf Geschäftsreise. Ich komme nach zehn Tagen schon zurück und finde die beiden in unserem Bett. Ich schreie die Frau an: „Verlasse sofort mein Haus!" Das Haus steht an einem Berg. Den renne ich hoch und stehe außer Atem oben. Heule ich aus Wut oder wegen der Verletzung? Das ist zu viel. Ich werde diesen Mann verlassen, wenn ich zurückkomme.

Die Frau ist noch da und ich schmeiße sie tatsächlich raus. Die hat mich nicht ernst genommen.
Ich rede mit ihm. Jetzt verstehe ich, was es mit den Telefonanrufen auf sich hatte. Er streitet ab. Dann gibt er das Verhältnis mit dieser „lesbischen" Frau zu. Seit drei Monaten geht das schon. Ich gebe ihm einen Monat Zeit zum Auszug.

Mir hat er immer wieder beteuert, er wolle nicht heiraten und keine Kinder. Nach wenigen Monaten sind die beiden verheiratet und das erste Kind ist da.

Das habe ich nicht so schnell verdaut. Ich brauchte einige Jahre, um mein wundes Herz zu heilen.

Marion

Birgit

Dezember 1984: Ich sah sie und war sofort vernarrt in sie. Bei einem Lied von George Michael fanden wir uns. Ihre Freundin Simone war seit langem hinter mir her, ziemlich lästig. Ich sagte zu meinem Freund: „Ich habe lieber ein Gespräch mit Birgit, als dass ich mit der anderen Frau schlafe."

Birgit hatte einen technischen Beruf gewählt. Sie erzählte mir, dass sie als einziges Mädchen unter dreißig Jungs arbeitete. Die waren alle hinter ihr her. Aber wir waren uns unserer Liebe sicher. Und ich war so stolz darauf, dass ich ihr Freund war. Ich hatte nicht die geringsten Zweifel an ihr und keinen Anlass, ihr nicht zu vertrauen. Ich dachte: „Das ist mein Mädchen und die kriegt das schon auf die Reihe mit den Jungs dort."

Sie war vier Jahre lang mein Mädchen, obwohl ihr Vater Landwirt war. Ich konnte mir nie vorstellen, eine Frau von einem Bauernhof zu haben. Landwirtschaft, ein rotes Tuch! Auf dem elterlichen Hof musste ich nur funktionieren und Erwartungen erfüllen. Ich schaffte mir ein Privatleben als Rückzugspunkt. Darum sind die nächtlichen Aktionen für mich so wichtig. Auch heute noch. Das ist die andere Welt.

Birgit war meine große Liebe. Das habe ich gesehen, als Schluss war. Ich war ein Jahr lang deprimiert und dachte ständig an Selbstmord. Und wenn ich jetzt die Geschichte erzähle, denke ich zuerst daran. Dann kommt der Schmerz wieder hoch. Wie habe ich um diese Frau gekämpft. Ich erzählte den Leuten immer, sie hätte Schluss gemacht. Nach einigen Jahren trafen wir uns wieder und sie sagte mir, dass das nicht stimmt. Ich hätte gesagt, sie solle gehen.

Richard

Was ist aus meinem Jesus geworden?

Mit Sabine und Tom bin ich in Rothenburg ob der Tauber bei einem historisches Fest. Es ist September 1981. Wir fühlen uns um 300 Jahre zurückversetzt. Am Marktplatz ist eine Tribüne aufgebaut und in einem Wahnsinnsspektakel gibt es unterschiedlichste Darbietungen. Dann lösen sich die Menschenmassen in alle Richtungen auf. Ich sitze mit meinen Freunden zusammen, blicke achtlos nach links und sehe „die Erscheinung" meines Lebens. Ich denke: „Wahnsinn, das ist Jesus, so wie ich ihn mir vorstelle."
Der Typ trägt braune, schulterlange Haare, Vollbart, sehr lässig. Unsere Blicke treffen sich, er kommt näher. Ich wende mich wieder zu meinen Freunden, dann zurück zu ihm. Er kommt bis auf zwanzig Meter heran. Wir können die Blicke nicht voneinander lassen. Dann geht er quer über den Marktplatz in eine andere Richtung.

Mein Herz rast. Ich frage meine Freunde: „Habt ihr diesen Typ gesehen? Habt ihr diese Erscheinung gesehen?" Ich bin wie verzaubert, habe weiche Knie. Was ist das für ein Mann! Was für Augen! Ich kann es nicht fassen. Meine Freunde blicken mich verwundert an.
Wir stehen auf und bummeln durch die Altstadt. Eine halbe Stunde später spricht mich jemand von der Seite an: „How are you?" Ich drehe mich um und blicke in die strahlenden Augen von Jesus. „I am German", antworte ich. Er wechselt augenblicklich in ein perfektes Deutsch mit bayrischem Akzent. Wir unterhalten uns eine Weile. Meine Freunde merken, was Sache ist, und

verabschieden sich: „Wir fahren in eineinhalb Stunden zurück. Lass uns am Auto treffen."

Ich ziehe mit meinem Jesus los und wir setzen uns etwas außerhalb an die Stadtmauer. Wir reden, reden, reden. Wir erzählen uns in eineinhalb Stunden unser Leben. So etwas habe ich noch nie erlebt.
Er ist ein spanischer Reiseleiter und wohnt in Madrid. Wir tauschen unsere Telefonnummern aus. Zum Abschied nehmen wir uns in den Arm und küssen uns. Die Erde wankt.
Meinen Freunden erzähle ich von diesem Wahnsinnsmenschen. Noch nie ging etwas so tief. Ich spüre mein Herz in jeder Faser meines Körpers klopfen. Ich kann nicht mehr denken.

Drei Wochen später ruft er an. Wir telefonieren eine Ewigkeit. Er sagt: „Ich bin im September in München. Kommst du?" – Klar komme ich.
Ich erzähle meinen Freunden und meiner Mutter von Jesus. Die meint: „Du bist verrückt. Das kannst du doch nicht machen. Ein fremder Mann, wenn dir was passiert."
Aber ich mache mit ihm aus, dass er mich am Bahnhof abholt. Ich packe ein paar Sachen, fahre mit dem Fahrrad zum Bahnhof und setze mich in den Zug nach München.

München: Sackbahnhof, ewig langer Bahnsteig. Ich steige aus, laufe den Bahnsteig entlang. Laufe und laufe und niemand ist zu sehen. Ich bin schon fast am Ende, da kommt sie um die Ecke, meine Jesus-Erscheinung! Ich freue mich wie ein

Kind. Ich hüpfe ihm in die Arme und wir erdrücken uns fast.
Wir bringen meine Sachen ins Hotel und gehen sofort aufs Oktoberfest. Ich trinke die erste Mass Bier meines Lebens. Wir ziehen durch die Zelte und lachen und schmiegen uns aneinander. Wahnsinn!

Er erzählt mir, dass er sich als Kind immer eine Geburtstagstorte mit Kerzen gewünscht hat. Wir stellen fest, dass er zwei Jahre älter ist als ich und ein paar Tage vor mir Geburtstag hat. Wir sind beide Skorpione, 23 und 25 Jahre alt.

Im Hotelzimmer haben wir eine leidenschaftliche Nacht. Der nächste Tag ist wie ein Wunder. Und die nächste Nacht mit allem, was mein Herz begehrt – und mein Leib! Diese Vertrautheit und Offenheit, dieses Körpergefühl. Einmalig!

Am Sonntag bemerken wir auf dem Weg zum Bahnhof, dass wir eine Stunde zu früh sind. Eine geschenkte Stunde. Das macht mich froh. Beim Abschied meint Jesus: „Ich habe noch ein paar Touren. Danach bekomme ich vier Wochen Urlaub. Was hältst du davon, wenn ich eine Woche zu dir komme?" Wie schön! Ich kann es kaum abwarten, ihn wieder zu sehen.

Eine Weile höre ich nichts von ihm und denke mir, das ist es gewesen. Kurz vor seiner letzten Tour meldet er sich und kommt mich tatsächlich besuchen. Aus einer Woche Urlaub werden vier und sein 25. Geburtstag steht vor der Tür. Es ist Samstagabend und wir wollen in seinen

Geburtstag hinein feiern. Um Mitternacht serviere ich ihm eine selbst gebackene Schwarzwälder-Kirschtorte mit 25 brennenden Kerzen.
Seine Augen sind riesengroß. Er steht mit feuchten Augen vor mir. Sein Kindheitstraum erfüllt sich! Es wird ein schönes Fest.

Er muss wieder nach Madrid. Ich bin so verknallt in Jesus, dass ich alle Hebel in Bewegung setze, um eine Mitfahrgelegenheit nach Madrid zu bekommen. Doch ich finde niemanden.
Wir telefonieren erst wieder im Januar miteinander. Danach höre ich sehr lange nichts mehr von ihm. Ein Jahr später klingelt mitten in der Nacht das Telefon und Jesus sagt: „Ich bin mit Freunden unterwegs, habe ihnen unsere Geschichte erzählt und dachte, ich rufe dich mal an." Wir telefonieren eineinhalb Stunden. Es ist so, als wäre er gestern erst hier gewesen.

Das war unser letzter Kontakt. Ich habe seine Visitenkarte bis 2007 in meiner Kommode aufbewahrt und erst bei einem Umzug weggeworfen. In den letzten Tagen, bei meinem Einzug in die neue Wohnung, kommen die Erinnerungen. Was wohl aus ihm geworden ist?

Ich fasse es immer noch nicht, wie ich mich in nur einem Augenblick so sehr in einen Menschen verlieben konnte. Das war tatsächlich Liebe auf den ersten Blick. Ich habe kein Foto von ihm. Er ist so in meinem Herzen, wie ich ihn in Erinnerung habe.

Judith

Der Teddy auf dem Frühstücksteller

Petra wollte mich verkuppeln. Sie lud Marc zu einem Fototermin ein und schickte mir sein Bild per Mail, noch während er bei ihr war. Ich solle umgehend eins von mir zurück schicken. Das tat ich auch. Sie druckte mein Foto aus und gab es ihm.

Später erzählte sie mir, dass er das Foto die ganze Zeit betrachtet und mit nach Hause genommen hatte. Am selben Tag noch bat er Petra um meine Handynummer und schickte mir eine SMS. Tags darauf rief er mich an. Uns war schnell klar, dass wir uns treffen müssen.

Schon eine Woche später fuhr ich die 800 Kilometer nach Norden, wo er lebte. Bei Petra wartete ich auf ihn. Ich rutschte auf meinem Stuhl hin und her. Endlich kam er zur Tür herein! Es haute mich um. Das war sie wohl, die Liebe auf den ersten Blick!
Das Wochenende verging wie im Flug und wir verabredeten uns zweieinhalb Monate später erneut. Dieses Mal fuhr ich direkt zu ihm nach Hause. Die Tür öffnete sich wie von Geisterhand. Auf dem Gangfußboden stand ein Herz aus brennenden Teelichtern. Darin ein Strauß roter Rosen.

Mitten in der Nacht weckte mich Marc. Er fragte, ob ich mit ihm nach draußen ginge, um die Sterne anzusehen. Wir gingen wie zwei Kinder durch die Nacht Hand in Hand. Auf einmal kniete er sich vor

mich, pflückte eine Blume, streckte sie mir hin und fragte: „Möchtest du mich heiraten?"
Ich sagte sofort „Ja". Am nächsten Morgen duftete es in der Wohnung nach frischem Kaffee. Ich ging ins Esszimmer und auf meinem Teller saß ein kleiner Teddy, der ein Herz in der Hand hielt. Darauf stand: „Ich liebe dich".

Wir sind so glücklich miteinander und kein Mensch der Welt kann uns trennen.

Marylin

Rocky, mein Goldschatz

Ich verliebe mich sofort in ihn. Er lebt auf einem umzäunten Gelände auf Kreta. Seit über fünf Jahren ist der arme Kerl dort an eine Eisenkette gefesselt. Im Zaun gibt es ein Loch, durch das ich ihn streicheln kann. Er hat schwarzes Fell und eine weißgepunktete Dalmatiner-Brust. Die Ohren hängen traurig herunter. „Na, lass dich mal anschauen", sage ich zu ihm und lege meine Hand unter sein Kinn. Gleich hebt er den Kopf höher und schaut mich an. Es ist ein fester, prüfender Blick: „Und was nun?"
Ja, und jetzt? Ich komme auf die Idee, ihn auszuführen. Mein Freund und ich fragen den Besitzer, ob das möglich ist. „Ihr könnt ihn auch gleich behalten. Als Jagdhund sollte er jagen, aber das Einzige was er jagt, sind Katzen. Er ist unbrauchbar. Er ist gesund, sonst hätte ich ihn längst erschossen. Bis zu Großmutters Tod lebte er im Haus. Sie rief ihn ‚Rocky'", brummt der Besitzer.

Wir fahren mit Rocky ins nächste Dorf. Seine Ohren flattern lustig im Fahrtwind. Wenn wir aussteigen, zieht er wie wild an der Leine, weil er alles beschnuppern und markieren will. Dann bringen wir ihn wieder nach Hause an seine Kette. Ich führe ihn nun öfter aus und bringe ihm Essen vorbei. „Was geschieht mit ihm, wenn wir wieder nach Deutschland fahren?"

Nach ein paar Tagen kommen wir zurück ins Dorf. Die Leute erzählen, dass Rocky nachts so gejault hat, dass niemand mehr schlafen konnte. Sein

Heulen ist kaum auszuhalten, doch auf einmal ist es still. Da! Wir hören ein Kratzen an unserer Hoteltür. Mein Freund öffnet die Tür und sieht, wie Rocky gerade um die Ecke verschwinden will. Er geht zu ihm und trägt ihn in unser Zimmer. Ich nehme ihn in die Arme. Die Entscheidung ist gefallen: Rocky hat ein neues Zuhause.

Jeden Morgen stürmt er an mein Bett, wedelt mit dem Schwanz und begrüßt mich mit seiner feuchten Schnauze. Er ist total verschmust.

Wenn Rocky bei unseren Spaziergängen frei und fröhlich umher rennt, geht in meinem Herzen die Sonne auf.

Annika

Gustl und das Bergglück

„Mein größtes Glück: In den Bergen, auf der Hütte oder auf dem Gipfelkreuz zu stehen, mit dem Partner". Das habe ich auf einen Holzteller geschnitzt für meine Gustl, mit der ich seit 50 Jahren verheiratet bin.

Meine schönsten Bergtouren habe ich mit Gustl gemacht, von Hütte zu Hütte. Ich glaube nicht, dass wir so lange verheiratet wären, wenn sie nicht mit in die Berge gegangen wäre.
Einmal sind wir in den Stubaier Alpen und wollen den Wilden Freiger machen und das Zuckerhütl. Ein Bekannter aus Innsbruck fährt uns zur Bergbahn. Es gibt jemanden dort, der uns den Weg zur nächsten Hütte erklären soll. Wir fahren also hoch. Oben hören wir, dass wir nicht zu dieser Hütte gehen können, da sie von einer Lawine verschüttet wurde. Wir steigen ab und fahren vom Stubaital wieder ein Stückchen raus und gehen dann auf die Braunschweiger Hütte. Dort quartieren wir uns ein.

Am nächsten Morgen, in 2000 Meter Höhe, schneit es. Mit unserem Bekannten haben wir vereinbart, dass er uns im Schnitztal abholt. Die Hüttenwirtin erklärt uns den Weg dorthin.
Gerade auf dem Pass angekommen, beginnt ein Schneesturm. Er wird begleitet von einem Temperatursturz von mindestens zehn Grad. Die Rinne, in der wir absteigen sollen ist bereits so eingeschneit, dass man das Stahlseil zum Halten nicht mehr sehen kann. Ich habe diese Tour noch nie gemacht, kann mich nur anhand der

Beschreibungen orientieren. Und bei dem Wetter sehe ich nichts. Ich sage zur Gustl: „Ich hole jetzt das Seil raus und binde dich an." Sie weint. Ich erkläre ihr eindringlich: „Du kannst nicht hier sitzen bleiben. Du erfrierst mir. Setz dich auf den Rucksack und lass dich runter gleiten. Ich komme nach." So etwas müssen wir zwei Mal machen. Endlich kommen wir auf der Hütte im Schnitztal an. Der Wirt kommt erstaunt heraus. „Wo kommt denn ihr beiden her? Bei diesem Wetter ist ja niemand unterwegs." Innen wärmen wir uns vor dem brennenden Ofen auf.

Am nächsten Tag ist ein bombiges Wetter, klare Sicht und wir sehen das Zuckerhütl gestochen scharf.

Ein unvergessliches Erlebnis mit meiner Gustl.

Emil

Mein geliebter Schwager

Jack traf ich vor vielen Jahren. Ich glaube, es war 1980. Er war mit der Schwester meines Mannes verheiratet. Wir begegneten uns zehn Jahre lang in meiner Familie als Schwäger.

Ich war unglücklich in meiner Ehe. Mein Mann war Alkoholiker und am Ende. Nie zuvor hatte ich andere Männer neben ihm. Dann traf ich Jack und das war wirklich großartig. Jetzt hatte ich jemanden in der Familie mit dem ich reden konnte. Bei ihm fühlte ich sofort Liebe. Jack und ich wurden zunächst Freunde, später Geliebte. Wir hatten nicht die Absicht unsere Ehen zu beenden. Wir hatten beide Kinder. Deshalb trafen wir uns heimlich.

Wir liebten uns, aber wir wussten nicht, wie wir das alles handhaben sollten. Schließlich verließ Jack seine Frau. Aber nicht wegen mir. Sie hatten einfach ihre eigenen Probleme. Etwa fünf Monate später trennte ich mich von meinem Mann. Nun konnten Jack und ich uns öffentlich treffen. Das war im Jahr 2001.

Das Größte an Jack ist, dass er mich ermutigt, meine Träume zu verwirklichen. Er sagt immer zu mir, ich sei hinreißend, talentiert und aufregend. Jack ist mein größter Fan. Er hat mich eine Menge gelehrt über Selbstbewusstsein und dass wir alles in der Welt erreichen können, wenn wir es wollen.

Er liebt wie ich das Reisen. Er hat gerne Spaß. Als ich anfing Fahrrad zu fahren, fing auch er damit an. Ich beschloss, einen Marathon zu laufen, also beschloss er, einen Marathon zu gehen. Bis jetzt ist er acht Marathons gegangen. Jack ist ein großartiger Mensch. Ich lerne ständig von ihm. Ich liebe ihn, weil das Leben mit ihm ein Abenteuer ist. Er ist so vielseitig, uns geht nie der Gesprächsstoff aus. Und wir haben ein fantastisches Sexleben. Wenn wir uns lieben, ist er so offen und liebevoll mit mir, geht auf meine Wünsche ein. Ich hatte das nie mit einem anderen Mann.

Zwischendurch hatten wir uns getrennt. Bis heute heißen seine Kinder und meine Familie unsere Beziehung nicht gut. Besonders meine Schwester tut sich damit schwer.
Ich ging mit anderen Männern aus. Aber niemals war die Chemie so, wie mit Jack. Ich mag ihn, er mag mich. Wir sind einfach füreinander gemacht. Ich schätze es, dass er sich hingebungsvoll um seine Familie kümmert. Immer versucht er, für die Anderen etwas zu tun.

Trotz der vielen gemeinsamen Jahre erregt er mich immer noch. Ich habe Herzklopfen, wenn wir gemeinsam unterwegs sind. Für mich ist es ein Geschenk mit ihm zusammen zu sein.

Miranda

Die Insel

Ich sitze in der Sonne auf einer Bank mitten in den Weinbergen. Da kommen zwei junge Männer mit einem Hund vorbei. Einer erzählt gerade, wie seine nächste Frau sein wird: Sie sollte gerne ausgehen, wandern, „alltagstauglich" sein und Spaß am Leben haben. Hund und Herrchen grüßen mich im Vorbeigehen und es macht Bing.

Eine Stunde später begegnen wir uns noch einmal. Er hat ganz leuchtende Augen. Wir unterhalten uns kurz über das Wetter und den Hund. Danach ziehe ich etwas verwirrt los, ohne zu wissen, wer er ist und wo er wohnt.

Er erzählt einer Freundin von unserer Begegnung. Sie erkennt mich in seiner Beschreibung und gibt ihm meine Telefonnummer. Am nächsten Tag ruft er an. "Toll, dass du anrufst", freue ich mich. Wir verabreden uns und treffen uns einige Male. Witzig ist, dass ich Eigenschaften seiner zukünftigen Frau habe. Und am Wegrand sitze, als er vorbei kommt.

Wir bleiben zusammen, bekommen zwei reizende blonde Töchter und wandern aus nach La Palma.
La Palma hilft uns immer wieder, unsere Beziehung zu überprüfen. Bevor wir hierher ziehen machen wir mehrfach Urlaub auf der Insel. Und jedes Mal kommen wir weiter miteinander. Das ist bis zum heutigen Tag so. Wir probieren ständig alle möglichen Dinge aus. Etwa unsere eigene Wanderfirma, die wir ohne die Beteiligung großer Reiseunternehmen aufbauen. Diese

gemeinsamen Projekte machen es aus, dass wir ein „Powerpaar" sind. Dazu gehört natürlich viel Disziplin, auch im Loslassen. Es funktioniert nun seit vierzehn Jahren und ich bin glücklich.

Frieda

Vom Traum zur Wirklichkeit

Die Vision ist da – mal weniger, mal mehr: Ich bin achtundzwanzig und immer unterwegs, in den letzten acht Jahren zehnmal umgezogen. Ich wünsche mir einen Partner fürs Leben, eine Familie mit Kindern und Tieren, mit denen ich in einem Haus am Meer lebe. Wir bewirten eine kleine Pension und meine Freunde kommen von überall her.

Mein Leben sieht anders aus: Ich arbeite bei einer Zeitung und wohne in einem möblierten Einzimmerapartment im hektischen Stadtzentrum von Athen. Mein Alltag besteht aus dem Weg zum Büro, der Arbeit am Computer und am Abend Kurse und Termine. Zuhause bin ich meist nur um zu schlafen. An den Wochenenden genieße ich es, ans Meer zu fahren.

Eines Tages reist meine Mutter in eine von zwei Brüdern betriebene Familienpension ins Dörfchen Archaia Epidaurus, knapp zwei Stunden von Athen entfernt. Ich besuche sie dort.
Mit öffentlichen Verkehrsmitteln dahin zu kommen ist umständlich und Demetris, einer der beiden Brüder, bietet an, mich mitzunehmen. Treffpunkt ist die Einfahrt eines großen Krankenhauses. Der Vater der Familie, Papa Nikolas, ist vor knapp einer Woche schwer erkrankt und liegt hier in der Intensivstation. Mutter Eleni und Demetris fahren jeden Morgen zum Vater und abends zurück ins Dorf, damit Demetris die Reisegruppe im Hotel betreuen kann.

Endlich ist es soweit: Feierabend! Ich freue mich auf ein entspanntes Wochenende am Meer, Abwechslung zum Athener Alltag. Ein Höllenverkehr auf der Straße. Ich beeile mich, pünktlich am Krankenhaus zu sein.

Demetris, seine Mutter und sein Onkel warten schon auf mich. Ihre Stimmung ist gedrückt. Demetris Vater liegt seit ein paar Tagen im Koma. Eleni hat Tränen in den Augen. Von Onkel Mitsos und Demetris kommen wenige Worte mit barscher Stimme.
Ich verhalte mich möglichst unauffällig. Ich teile mir mit Eleni die Rückbank. Der Wagen schlängelt sich durch die überfüllten Straßen.

Mitsos und Eleni steigen bei der Wohnung des Onkels am Athener Stadtrand aus. Demetris sagt „Setz dich zu mir nach vorne." Nun wage ich einen längeren Blick auf Demetris. Seine Hände zittern. Er startet den Wagen. Wir schweigen. Was soll man in einer solchen Situation auch sagen?
Als wir zu sprechen beginnen, geht es um Demetris Vater Nikolas und die Situation der Familie. Wir reden leise und ruhig. Langsam lassen wir den Tumult der Großstadt hinter uns. Demetris erzählt von seinem Hotel, ich über meinen Redaktionsjob. So fahren wir in die endlose Dämmerung des Sommers. Später führen Serpentinen in eine verzauberte Landschaft. Hinter dem Berg geht ein knallroter Vollmond auf. Die Welt wird still und wir auch. Nur aus den Lautsprechern dringt melancholische Musik. Demetris singt manchmal mit. Der Mond steht nun groß und weiß über uns. Es ist wie im

Bilderbuch. Schließlich erreichen wir das kleine Hotel. Ich bedanke mich bei Demetris. Dann geht jeder seiner Wege.

Was für eine Fahrt! Was war das für eine Stimmung! Eine stille Harmonie. Doch da ist mehr in mir. Ich bin mir sicher: Etwas ganz Großes ist geboren. Ist das Liebe? Empfindet Demetris wie ich? Oder sieht er mich eher als ein nettes junges Mädel? Immerhin ist er knapp zwanzig Jahre älter als ich.

Während des Wochenendes im Hotel haben Demetris und ich nicht viel miteinander zu tun. Auch in der folgenden Woche begegnen wir uns nicht. Dann, die Reisegruppe meiner Mutter ist wieder nach Hause gefahren, wage ich, einen förmlichen Dank an Demetris und seine Familie für die Fahrt und Gastfreundschaft zu mailen.

Es dauert keinen Tag, da klingelt mein Telefon. Demetris ist am Apparat. „Hast du Lust mit mir einen Kaffee zu trinken?" Treffpunkt ist ein Café neben dem Krankenhaus, in dem sein Vater liegt. Es regnet in Strömen.
Die Kaffeetrink-Treffen neben dem Krankenhaus wiederholen sich. Einmal kommt seine Mutter dazu. Sie erzählt unter Tränen, einer der größten Wünsche von Vater Nikolas sei es, dass Demetris eine Familie gründet.
Inzwischen telefonieren wir mehrmals täglich. In diesen Tagen habe ich einen Traum: Demetris Vater steht mir gegenüber und blinzelt mir verschmitzt zu. Der Traum lässt mich schmunzeln.

Eines Abends fahre ich mit Demetris ins Dorf. Auf der Veranda seines Hotels küssen wir uns zum ersten Mal. Die Sterne funkeln uns zu. Von da an ist klar: Wir gehören zusammen!
Wir verbringen von nun an alle Wochenenden gemeinsam. Demetris stellt mich seiner Familie vor.

Der Zustand von Demetris Vater verschlechtert sich zunehmend. Demetris bittet seine Mutter und mich, mit ihm in die Klinik zu kommen. Er möchte mich seinem Vater vorstellen. So lerne ich Nikolas kennen. Zwei Tage später stirbt er.

Nach zwei Monaten kündige ich meinen Job bei der Zeitung. Ich will zu Demetris ins Dorf ziehen und im Familienhotel mitarbeiten. Vor Beginn der Saison richten wir unsere kleine Wohnung ein. Kurze Zeit später bin ich schwanger.

Im Hochsommer wird unsere Tochter Eleni geboren. Auf unserer Deutschlandreise im darauffolgenden Winter stelle ich überrascht fest, dass ich erneut schwanger bin. Im Herbst ist unser Sohn da: Nikolas, benannt nach seinem Großvater.

Kurz nach der Geburt von Nikolas heiraten Demetris und ich. Es ist ein rauschendes Fest mit vielen Verwandten und Freunden. Meine Vision ist Wirklichkeit geworden!

Nadine

Die Lehrerin

Bewundernd beobachte ich, wie sie dasitzt, Stundenpläne schreibt und Arbeiten korrigiert. Dann nimmt sie ihre Sachen und die weiße Tafelkreide und steht auf. Mama sieht so beeindruckend aus in ihrer Lehreruniform. Am liebsten würde ich mit ihr in die Schule gehen. Aber ich bin noch zu klein.
Zu Weihnachten bekommt sie Geschenke und Karten, auf denen die Eltern ihrer Schüler ihr danken. Für mich steht fest: „Wenn ich erwachsen bin, werde ich Lehrerin!"

Nach meinem Collegeabschluss verkünde ich: „Jetzt werde ich Lehrerin." Meine Mutter redet mir das aus: „Als Lehrerin verdienst du in Manila kaum Geld. Du kannst dann kein gutes Leben führen." Also mache ich etwas anderes bis ich nach einigen Jahren feststelle, dass ich nicht glücklich bin in meinem Job als Projektmanagerin eines großen Unternehmens.

„Probiere das Unterrichten aus, nebenbei, nur an den Wochenenden", sage ich mir. „Ich verdiene mein Geld in dem Unternehmen und den Spaß habe ich am Wochenende." Schnell sehne ich die Wochenenden herbei. Es kommt, wie es kommen musste: Ich mache mich selbstständig und bringe den Menschen Englisch bei.

Hier habe ich meine Bühne. Ich fühle mich wie ein Star im Klassenzimmer, genieße die Aufmerksamkeit und Anerkennung meiner Schüler. Inzwischen weiß ich, dass es um meine

Schüler geht, nicht um mich. Am Ende des Tages frage ich mich: „Habe ich den Leuten heute weiter geholfen?" – „Ja, selbstverständlich, ich habe die Studenten von Punkt A zu Punkt B geführt, ganz egal, was Punkt A und Punkt B sind. Das Wichtige ist, dass ich den Schülern dabei geholfen habe. Das gibt mir so viel Energie. Manchmal ist das sogar besser als Sex...

Monette

Berührung aus meinem Herzen

Morgens lernen wir uns im Internet kennen und nachmittags treffen wir uns. Wir haben Sex. Danach fragt sie mich, ob ich sie noch ein wenig massiere.

Sie liegt nackt auf dem Bauch. Ich will anfangen, sie zu massieren, aber ich spüre, da ist etwas Anderes, und lasse einfach die Hände auf ihrem Rücken liegen. Meine Hände bewegen sich mal nach rechts, mal nach links, oben oder unten. Sanft und langsam, mal die Finger nach oben, mal die Hand ganz flach aufgelegt. Ich spüre die Plätze, zu denen mich die Energie hinführt.

Die Haut ihrer Taille ist am Anfang richtig fest. Durch meine Berührungen fühlt sie sich an, als würde eine Blase aufplatzen. Das Gewebe entspannt sich, wird locker und weich. Sie merkt die Veränderung ebenfalls und fragt: „Was machst du da? Das fühlt sich irre an. Das geht durch und durch."
So streiche ich den ganzen Rücken entlang. Die Berührung kommt aus meinem Herzen. Als ich merke, es ist genug, knie ich neben ihr. Ich fühle mich, als hätte jemand meinen Akku geladen. Gleichzeitig bin ich entspannt und glücklich.

Für mich ist dieses Erlebnis ein Geschenk. Ich berühre schon immer gerne, aber dieses eine Mal bringt mich auf einen beruflichen Weg, den ich jetzt weiter gehe.

Alexander

Am Strand

Ich stehe am Tresen und trinke einen Tee. Da betritt er die Bäckerei. Er arbeitet als Security auf der Baustelle gegenüber. Wir unterhalten uns angeregt.
Später verabredet er sich mit meiner Freundin, die hinter der Theke arbeitet. „Komm doch mit", sagt er zu mir, „wir treffen uns um Acht." Ich sage zu.

Während des ganzen Abends unterhält er sich mit meiner Freundin. Das stört mich überhaupt nicht. Ich weiß irgendwie: „Das ist Meiner!" Keine Ahnung, weshalb. Am liebsten habe ich jede Woche einen anderen Typen. Ich will einfach Spaß haben.
Wir tauschen unsere Telefonnummern aus und wenig später bekomme ich eine SMS: „Ich schicke dir drei Engel. Die sollen dich heute Nacht begleiten und dir schöne Träume schenken". Wie süß, ich fühle mich überrannt.

Ein paar Tage später entführe ich ihn. Bei Minustemperaturen schaffe ich es, Reiner in unseren Garten zu locken, in eine kleine Laube. Ich möchte eine schöne Nacht mit ihm verbringen und die haben wir dann auch. „Du riechst gut. Ich bin gern mit dir zusammen." sagt er. Ich denke nur: „Wie? Zusammen?" Und bin irgendwie geplättet.
Seit dieser Nacht geht es nicht mehr ohne einander, aber auch nicht wirklich miteinander.

Vier Wochen später hat Reiner einen Unfall. Jemand hat ihm die Vorfahrt genommen. Das ist eine Katastrophe. Er verfällt in tiefe Depressionen. Ich habe das Gefühl, ich werde erdrückt von dieser Last, weil er zu nichts mehr imstande ist. Er ist so verschlossen. Ich kann das nicht ertragen. Eine Zeitlang führen wir eine On-Off-Beziehung bis ich einen neuen Mann kennenlerne. Mit dem bin ich zwei Jahre zusammen. Bleibe aber im Kontakt mit Reiner. Wir sind immer noch sehr gute Freunde und haben viel Spaß miteinander. Wenn ich ihn brauche, ist er immer an meiner Seite.

Ich trenne mich von dem Anderen und Reiner schleicht sich weiter in mein Herz. Das ist schön. Er ist mein Fels in der Brandung. Nach zwei Jahren fragt er mich ganz altmodisch, ob ich seine Verlobte sein möchte und schenkt mir einen Ring. Im Jahr darauf heiraten wir - unkonventionell am Strand, bei gutem Wetter und alles selbst organisiert. Das hat mir Frieden gegeben.

Ich weiß nicht, ob es nur die Hochzeit war. Ich glaube, auch durch die Arbeit mit meinem Coach finde ich Frieden. Ich kann jetzt viel mehr akzeptieren.

Sabina

Strip

Erstaunlich, dass wir uns erst so spät kennengelernt haben. Denn sein Freundeskreis war der gleiche wie meiner, und das schon seit Jahren. Wir waren sogar auf derselben Schule.
Vor acht Jahren auf dem Volksfest geschah es dann. Es war schon spät, alle meine Freunde waren nach Hause gegangen. Ich unterhielt mich mit einem Mann, der auch sein Freund ist und Werner gesellte sich zu dem Gespräch.
Am nächsten Tag meldete er sich bei mir. Seitdem sind wir quasi unzertrennlich, ein Herz und eine Seele.

Ein Höhepunkt war auf unserer Hochzeit. Beim Verlassen der Kirche raunte er mir ins Ohr: „Ui, jetzt war ich auf einmal doch ganz schön nervös!" Das fand ich so lieb, denn sonst gab er sich immer cool, nach dem Motto „Das mache ich alles mit links."

Der ganze Tag war gelöst und lustig. Wir machten Spiele, die meine Verwandtschaft vorbereitet hatte. Ich erkannte ihn kaum wieder: Er hat zu Joe Cockers Song „You can leave your hat on" gestrippt und die Leute waren begeistert. Am Ende hatte er außer der Krawatte und seiner Weste nichts ausgezogen. Ich war mächtig stolz auf meinen Schatz.

Für uns ist Verlässlichkeit und Vertrauen wichtig. Werner ist immer für mich da, zum Beispiel, als es mir gesundheitlich schlecht ging. Ich konnte nirgends mehr hin, mich plagten Panikattacken und Todesangst. Ich glaube, jeder andere wäre davon gelaufen. Er hat das alles mit mir durchgestanden. Da gehört schon viel dazu. Das schweißt uns zusammen.

Bei ihm gebe ich gerne mal die Zügel aus der Hand, was mir sonst schwer fällt. Er darf sich auch um Dinge kümmern, die ich normalerweise selbst machen würde, weil ich weiß, dass er es kann. Ich kann die Tür hinter dem größten Chaos schließen, denn ich weiß, dass er damit klarkommt. Hinterher ist es genau so, wie wir es uns vorstellen.
Für mich passt das einfach. Ich werde ihn nicht mehr hergeben.

Michaela

Auf dem Bettvorleger

Vor ungefähr einem Jahr hörte ich zum ersten Mal von ihr. Eine langjährige Freundin erzählte mir, dass Ingrid vor vier Jahren ihr Coming Out hatte und wir uns einmal kennen lernen sollten.
Diese Frau hätte sich erkundigt, was in der Schweiz für lesbische Frauen angeboten wird, wo man Gleichgesinnte treffen und zum Tanzen gehen könne. Meine Freundin wollte bei Gelegenheit den Kontakt herstellen. Das hat nun über ein Jahr gedauert.

Anfang November meldete sich Ingrid per E-Mail. Danach schrieben wir einige Male hin- und her und tauschten unsere Erfahrungen aus. Eines Abends verabredeten wir uns für den nächsten Nachmittag. Davor haben wir nie telefoniert. Unser Treffen war so schön, dass wir erst am späten Abend auseinander gingen.
Anfang Dezember trafen wir uns zum Fondue in einem Restaurant. An diesem Abend tauschten wir uns herzmäßig aus. Jede auf ihre Art, noch recht distanziert. Ich fand es witzig, dass wir über Eck saßen und weit auseinander. Wir pirschten uns ganz vorsichtig an, erzählten uns unsere Vorstellungen vom Leben. Mein Herz flog zu ihr.

Anschließend fuhr jede in ihr eigenes Zuhause. Ich konnte nicht richtig schlafen. Am nächsten Tag teilte ich ihrem Anrufbeantworter mit, dass ich sie sprechen will. Hat er mein Herzklopfen aufgezeichnet? Sie rief mich am Abend zurück und wir telefonierten die ganze Nacht. Wir merkten, wie sehr wir uns anzogen.

Eines Morgens um acht Uhr klingelte es an meiner Haustür: Ingrid stand mit Brötchen und Kaffee davor. Beim Frühstück kamen wir uns näher und küssten uns zum ersten Mal. Jetzt war ganz klar, dass wir uns mochten. Danach sahen wir uns alle zwei bis drei Tage.
Zwei Wochen später wurde Ingrid an ihrem Ellbogen operiert. Ich wollte sie gerne unterstützen und begleitete sie ins Krankenhaus. Sie überraschte mich damit, dass sie mich dort als ihre Lebensgefährtin vorgestellte.
Ich durfte Ingrid daher begleiten, soweit es möglich war. Ich durfte sogar in den Aufwachraum und verbrachte die Nacht bei ihr im Zimmer auf dem Bettvorleger. Das war gut, denn es ging ihr ziemlich schlecht.

Am nächsten Tag kam ihr Papa und schrie mich an, wer ich denn sei. Ihre Eltern kamen offenbar nicht damit zurecht, dass ihre Tochter lesbisch ist. Ich bin froh, dass mein Umfeld mehr Verständnis bei meinem Coming Out gezeigt hat. Die Angriffe ihrer Eltern waren so heftig, dass Ingrid nach ihrer Entlassung aus dem Spital bei mir einzog.

Unser Zusammenhalt ist grandios. Bei meinem Fest zu Weihnachten stellte ich sie meiner Familie vor. Ingrid wurde mit offenen Armen als meine Partnerin aufgenommen. So etwas hatte sie noch nie erlebt. Obwohl ich sehr ländlich aufgewachsen bin, hat meine Familie doch den gesunden Menschenverstand und sagt: Wenn die beiden glücklich miteinander sind, ist das in Ordnung.

Barbara

Wüstenmänner

Nach fünf Wochen erreichen wir mit unseren Kleinlastern Algerien. In einer Wüstenstadt warten wir eine Woche lang auf eine Gruppe, die dort zu uns stoßen will. Tuaregs zeigen uns die dortigen Sehenswürdigkeiten. Wir wohnen in einem Hotel aus Strohhütten, die wie Zelte auf einem Platz angeordnet sind. Mohamed, der Geschäftsführer des Hotels, macht mich an. Ich genieße seine Avancen, denke aber gleichzeitig, um Gottes willen, worauf lässt du dich da ein? Ich lasse ihn nicht an mich heran. Ich erzähle einer Frau davon, mit der ich mich auf der Reise angefreundet habe. Die meint: „Bist du blöd? So ein toller Mann! Mach das."
Mohamed hat ein Auge auf meinen Kassettenrekorder geworfen, ich will ihn ihm verkaufen. Dazu treffen wir uns in meiner Hütte. Den Rest muss ich wohl nicht beschreiben.

Eine Woche später fliege ich nach Deutschland zurück. Mohamed geht mir nicht aus dem Kopf. Ich besorge mir ein Visum, fliege drei Monate später wieder hin und bleibe mehrere Monate in Algerien.
Es ist eine große Liebe. Ich halte mich auf dem Hotelterrain auf. Der große Garten ist wie das Paradies. Hier wachsen Dattelbäume, Granatapfelbäume und Wein. Ich stelle mir ein Bett, einen Tisch und Stühle unter eine Dattelpalme und lebe drei Monate unter freiem Himmel.
Mohamed ist 41, verheiratet und hat acht Kinder. Ich bin 31. Er ist nicht der Typ Mann, mit dem ich

normalerweise zu tun habe. Er versucht, mich zu einer guten Wüstenbewohnerin zu erziehen und bringt mir Französisch bei. Wir haben unsere Schäferstündchen tagsüber. Nachts geht er nach Hause.

Eines Tages läuft ein junger Mann aufs Gelände. Er ist ein paar Jahre jünger als ich. Mohamed hat ein sehr hübsches, weiches Gesicht, aber er ist ein richtiger Kerl. Er hat Pranken, die fast so groß sind wie sein Kopf. Das ist untypisch, denn die Tuareg sind in der Regel schlanke Männer. Ibrahim hingegen ist groß und schlank und wir kommen ins Gespräch. Er ist ein Nachbarsohn von Mohamed und kommt zum Duschen ins Hotel. Er bittet mich darum, ihm seine Haare zu schneiden, was ich am nächsten Tag tue. Im Gegenzug schenkt er mir eine Ledertasche. Er lädt mich ein zu einer Hochzeit auf dem Marktplatz. So etwas ist dort ein Volksfest. Da gehe ich mit ihm hin. Mohamed bekommt das mit. Für ihn ist das ein Sakrileg. Ich bin mit einem anderen Mann in der Öffentlichkeit!

Er geht mich deswegen nicht direkt an. Er lädt Ibrahim und mich ein, im Landrover in die Wüste zu fahren. Bei irgendwelchen Frauen, die dort in Zelten leben, trinken wir Tee. Ganz harmlos. Später stellt sich heraus, dass er einfach nur sehen wollte, was zwischen uns läuft.
Es passiert gar nichts, wir reden einfach nur. Nach der Rückfahrt ist mir klar, dass ich mich in Ibrahim verliebt habe. Ich kann das nicht verschweigen und sage es Mohamed sofort.

Er ist schockiert, nimmt seinen Turban ab und ich sehe, dass sein Kopf kahl geschoren ist. Ich blicke ihn erstaunt an. Er habe sich bestraft, weil er sich so in mir getäuscht habe, sagt er. Dabei war zwischen Ibrahim und mir überhaupt nichts geschehen. Es hat wohl in der Luft gelegen.
An einem der nächsten Tage sitze ich auf einer Bank, die beiden Männer links und rechts von mir. Ibrahim und ich haben immer noch kein Wort darüber gewechselt, was wir füreinander empfinden. Aber mir sagt man jetzt, ich solle mich entscheiden, mit wem ich gehen wolle. Die beiden reden zwischendurch in ihrer Sprache. Das ist mir dann alles zu viel und ich sage: „Ich reise ab."

Am nächsten Tag streicht Mohamed um die Bäume, kommt jedoch nicht zu mir her. Mir zerreißt es fast den Leib vor Kummer und sage ihm, ich sei zu allem bereit, was er fordere. Er will, dass ich in seiner Gegenwart dem anderen sage, dass ich ihn nicht wieder sehen möchte. Das tue ich dann unter Tränen. Ibrahim zeigt keinerlei Gefühle. Ich möchte Ibrahim auf Wiedersehen sagen, ohne dass Mohamed dabei ist.
Wir gehen in den Garten, verabschieden uns und schenken uns gegenseitig einen Ring. Immer noch reden wir nicht miteinander. Es ist einfach da. Tatsächlich sehe ich Ibrahim danach nicht mehr.

Mohamed bemüht sich, mich auf andere Gedanken zu bringen, was ihm auch gelingt. Ab diesem Zeitpunkt sieht er mich eindringlich an, wenn ich mich mit Anderen unterhalte. Ins Hotel kommen ja auch europäische Gäste. Er traut mir nicht mehr. Ich bleibe so lange, bis ich zurück muss, weil mein Visum nicht verlängert wird. Es ist Herbst. Ich plane, an Weihnachten wiederzukommen.

In Deutschland bekomme ich von beiden Männern Briefe. Es fühlt sich an, wie in der persönlichen Begegnung: Wenn ich bei dem einen bin, könnte ich den anderen verraten. Und umgekehrt. Wer da ist, hat die Macht. Nachdem ich das verstehe, weiß ich, dass ich da nicht mehr hin kann. Das ist eine Welt, in der jeder alles weiß. Wir wechseln weiterhin Briefe, aber mein Entschluss steht, dort nicht mehr hinzufahren.

Im Januar melden sich Leute bei mir, die eine Gruppenreise nach Tunesien planen. Sie fragen mich, ob ich mitfahren will, und ich sage ja.
Wir planen einen Aufenthalt in einem Ort in der Nähe. Ich rufe Ibrahim an, und frage, ob er mich dort treffen wolle. Wir verbringen eine Nacht miteinander, an die ich kaum eine Erinnerung habe. Es ist alles zu aufregend.
Ich fasse ins Auge, nach der Gruppen-Tour wieder zu diesem Ort zu kommen. Weil mir meine Tasche mit meinen Papieren und allem Geld gestohlen wird, muss ich aber zurück nach Deutschland.
Hier geht mein Leben weiter, auch mit Männern. Ich erhalte immer mal wieder Briefe, hauptsächlich von Mohamed. Als er nicht mehr dort arbeitet, wohin ich die Briefe geschickt habe, bekomme ich von ihm kein Lebenszeichen mehr. Ich weiß nicht, wie ich ihn erreichen kann. Später versuche ich erfolglos, seine Adresse über die Präfektur und im Internet herauszubekommen.

Vor zwei Jahren höre ich von einer Tuareg-Musikgruppe. Da ist sie wieder, die Sehnsucht! Ich bin so aufgewühlt, dass ich mich an den Computer setze und die Namen, die ich habe, eingebe. Über den Namen eines Freundes von Mohamed finde ich eine Reiseagentur, die eine Mail-Adresse hat. Dorthin schreibe ich, dass mich der Verbleib von Mohamed und Ibrahim interessiert. Die Antwort informiert mich, dass Mohamed verstorben ist und Ibrahim nach wie vor dort lebt, wo ich ihn getroffen habe. Dann schicke ich eine weitere Email an die Agentur mit Bitte um Weiterleitung an Ibrahim und sende sie zusätzlich per Post.

Zunächst geschieht nichts. Ich habe die Sache schon fast vergessen, als ich einen Brief von Ibrahim bekomme. Es ist ein Liebesbrief: „Mein ganzes Leben habe ich an dich gedacht und ..."
Was jetzt weiter passiert ist völlig offen.

Chefora

Picknick

An die große Liebe habe ich nie geglaubt und gedacht, dass es die überhaupt nicht gibt. Ich war immer ganz verwundert über die anderen Mädchen, die betrogen wurden und Liebeskummer hatten. Ich konnte das nicht verstehen. Ich habe das sehr leicht genommen – bis ich nach Ibiza zog.

Das erste Mal in meinem Leben muss ich mit Gas kochen. Ich habe keine Ahnung, wie das mit der Gasflasche funktioniert. Ich laufe zu meinem Nachbarn auf den nächsten Hügel, um ihn um Hilfe zu bitten. Wolfgang ist ein sympathischer junger Mann. Er zeigt mir, wie man mit Gas Feuer macht. Wir treffen uns danach öfter, da ich manchmal eine helfende männliche Hand brauchen kann. Es ergibt sich, dass ich auf dem Heimweg immer an seinem Haus stehen bleibe und wir uns unterhalten. Manchmal kocht er für uns beide. Alles ganz nett, freundschaftlich. Eines Tages wird mir bewusst: „Ups, da ist mehr dahinter." Was sich da entwickelt, will ich nicht.

Ich nehme Tennisstunden bei einem blonden Trainer mit grünen Augen und athletischem Körperbau. Mir wird das gefährlich mit Wolfgang, meinem Nachbarn, und ich fange lieber etwas mit dem Tennislehrer an. Wir sind schon eine Weile zusammen, als er am Wochenende zu einem Match nach Mallorca reist.
Meine Freundin sagt zu mir: „Komm doch alleine zu meiner Party." Ich gehe hin. Und wen treffe ich? Wolfgang. Es knistert richtig zwischen uns. Ich

versuche, ihm aus dem Weg zu gehen. Ich weiß nicht warum, aber irgendwie habe ich Angst.

Als ich nach Hause will, funktioniert mein Auto nicht. Da erscheint Wolfgang. Er bringt mich nach Hause. Beim Aussteigen will ich ihm rechts und links einen Kuss geben. Doch dann küssen wir uns.
Ich hebe ab. Mich hat's total erwischt. Das ist voll die Liebe. Eine irre Zeit! Er ist sehr naturverbunden und fährt gerne Motorrad. Wir fahren kreuz und quer über die Insel, machen Picknicks, gehen nackt baden. Wir baden in unserer Liebe.
Dann ist der Sommer vorbei und wir beginnen, nachzudenken. Wie geht's weiter? Meine Firma will mich in Bangkok einsetzen. Was mache ich? Soll ich kündigen? Soll ich bei ihm bleiben? Kommt er mit? Und damit fangen unsere Probleme an. Solange wir unsere Liebe ausgelebt haben, war alles anders.

Ich fliege nach Bangkok. Wir bleiben in telefonischem Kontakt und ich bedränge ihn, mir nachzureisen. Irgendwann kommt er. Ich baue für meine Firma den Standort Bangkok auf. Das heißt, ich bin dort Repräsentantin und komme mir sehr wichtig vor. Ich übernachte in den tollsten Hotels, bin überall bekannt und werde in die teuersten Restaurants eingeladen. Und dann stecke ich meinen Naturburschen aus Ibiza in Anzüge und schleppe ihn zu allen Veranstaltungen mit. Obwohl ich genau weiß, dass er das nicht gern macht, fällt mir gar nicht auf, dass er dabei nicht glücklich ist.

Ich weiß, dass er schon immer mal nach Hongkong wollte. Ich kann es mir leisten. Wir fliegen über das Wochenende dort hin. Ich buche das teuerste Hotel. Es ist ein Desaster. Ich habe alles falsch gemacht.
Zurück in Bangkok streiten wir nur noch. Er fliegt heim nach Ibiza. Ganz oft telefonieren wir. Er sagt: „Ich liebe dich, aber es ist schrecklich, mit dir zu leben." Ich muss alles kontrollieren und er liebt seine Freiheit. Da kommen wir nicht zusammen. Obwohl wir ständig streiten, lieben wir uns. Ich kündige meinen Job, packe meine Koffer und fliege nach Ibiza. Er holt mich vom Flughafen mit dem Motorrad ab. Und ich stehe dort mit meinen vier Koffern! Damit hat er nicht gerechnet.

Zwischen Liebesschwüren und Leidenschaft meint er im Bett: „Du nimmst mir die Luft zum Atmen." Ich habe das überhaupt nicht verstanden. Das Ganze eskaliert und wir gehen auseinander.
Mitten in der Nacht stehe ich auf und gehe weg. Tags drauf verlasse ich Ibiza, weil ich nicht weiß, was ich tun soll. Wenn er mich nicht mehr will, muss ich handeln und verschwinden.

Jahre später besuche ich ihn. Er sagt, dass ihn kein Mensch so verletzt habe, wie ich. Ich falle aus allen Wolken. Ich hatte angenommen, er kann und will nicht mehr mit mir leben.
Er meinte wohl: „Abstand halten, nicht zusammen leben und sehen, wie es miteinander geht." Ich verstand: „Ich muss weg von der Insel." Wir sind aneinander vorbei gegangen.

Bis heute kann ich nichts mit anderen Männern anfangen. Wenn ich mit einem Mann zusammen bin, möchte ich dieses Gefühl, wie ich es mit Wolfgang hatte.

Wir haben beide Angst vor unseren Gefühlen. Wenn ich ihn ab und zu treffe, reden wir über alles Mögliche, nur nicht über uns. Er geht sofort, wenn er das Gefühl hat, ich komme ihm zu nahe. Für ihn und mich ist es eine unvollendete Liebe.

Lea

Knackiger Hintern

Mit meiner Mutter und Schwester wandere ich in der untergehenden Sonne über den Strand. Unsere Röcke wehen im Wind. Die Schuhe halten wir lose in den Händen. Ibiza ist so schön. Wir kommen an eine Bucht. Das Restaurant ist um diese Zeit geschlossen. Trotzdem setzen wir uns an einen Tisch. Da kommt auch ein Kellner. Wir blicken uns erstaunt an. Er hat sich ein weißes Handtuch über den Arm geworfen und trägt eine Schürze. Er sieht deutsch aus, nicht spanisch. Wir bestellen etwas zu trinken. Er bringt die ganze Bestellung durcheinander. Als er sich umdreht sehe ich seine gestreifte Badehose unter der Schürze. Ich denke: „Ganz schön knackiger Hintern. Sieht nett aus, aber das ist doch kein Kellner!"

Dann kommt er an unseren Tisch zurück und grinst: „Ich bin kein Kellner, aber ich wollte euch unbedingt kennen lernen." Er fragt, ob er sich zu uns setzen darf. Ich ignoriere ihn weil ich denke, dass er an meiner Schwester Interesse hat. Aber er fragt mich: „Was machst du denn heute Abend? Ich möchte dich gerne kennen lernen."

Später holt er mich mit einem Kleinbus ab. Er erzählt, dass er nach dem Tanken den Tankdeckel vergessen hat, so nervös sei er gewesen. Er lädt mich in ein gutes Restaurant ein. Wir unterhalten uns köstlich und trinken viel.
Es ist ein toller Abend: Der Mond steht am Himmel, das Meer ist ganz ruhig. Wir spazieren die Strandpromenade entlang. Auf einmal nimmt

er mich in die Arme und küsst mich. Echt filmreif! So etwas Romantisches habe ich noch nie erlebt. Wir verbringen die Nacht miteinander. Leider haben wir uns nicht mehr wieder gesehen.

Susanne

Nackt in einer fremden Wohnung

Es ist Weihnachten. Ich bin auf eine feine Party eingeladen. Ich trage ein enges Kleid mit einem breiten Miedergürtel, hohe Stöckelschuhe, meine Haare sind aufgesteckt.
Die Feier ist langweilig. Ich weiß, dass Bekannte eine andere Fete machen. Ich gehe bald und fahre dort hin. Da sind viele Alternative. In deren Augen sehe ich natürlich unmöglich aus, so Schicki Micki. Ich kenne nur zwei Leute und alle schauen mich an als wäre ich ein Alien. Das ist mir aber egal.

Mir fällt ein muskulöser Typ in meiner Größe auf, also eher klein. Er trägt enge Leggings und ein Netzhemd. Seine blauen Augen nehmen mich im ersten Moment gefangen. Ich übersehe sogar, dass er keine Haare auf dem Kopf hat, was ich üblicherweise gar nicht mag. Ich trinke Sekt mit Kiwisaft – denke ich. Tatsächlich ist es Kiwilikör. Das Zeug schmeckt so gut und ich trinke eine Menge davon. Dann bin ich restlos betrunken. Ich habe einen Blackout.

Als ich aufwache, kann ich meinen Kopf nicht bewegen. Schlecht ist's mir, alles dreht sich. Ich liege am Boden auf einer Matratze, in weichem Bettzeug. Ich bin nackt und alleine. Ich sehe mich um in der fremden Wohnung und habe keine Ahnung, wo ich bin. Ich weiß nur noch, dass ich auf dieser Party war. Langsam stehe ich auf. Ich merke, dass ich mit jemandem geschlafen habe, aber ich weiß nicht, mit wem und wie ich in diese Wohnung gekommen bin.

Gerade noch rechtzeitig erreiche ich die Toilette. Ich übergebe mich und bin ganz froh, dass niemand da ist. Wem gehört dieses Apartment? Meine Augen schweifen umher und entdecken auf dem Schreibtisch einen Zettel: „Ich habe versprochen, mit Freunden Ski zu fahren. Musste zeitig weg. Leg bitte den Schlüssel unter die Matte. Es war eine wunderschöne Nacht. Ich möchte dich gerne wieder sehen." Eine Telefonnummer steht auch da.

Ich geniere mich, weil ich mich an nichts erinnere. In diesem komischen Zustand ziehe ich mich an und fahre zu mir nach Hause.
Ich bin noch immer betrunken. Wenigstens habe ich seine Telefonnummer und auch seinen Namen. Aber ich bin mir nicht sicher, ob das der Typ mit den blauen Augen ist.
Es interessiert mich brennend, mit wem ich die Nacht verbracht habe. Er hat mir aufgeschrieben, wann er vom Skifahren zurück ist. Natürlich melde ich mich nicht. Doch meine Neugier ist zu groß und eine Woche später rufe ich an. Er freut sich und meint: „Ich hole dich heute Abend um acht Uhr am Bahnhof ab. Geh einfach den Haupteingang raus. Dann siehst du mich schon."

Ich mache mich wieder schön, fahre zum Bahnhof und gehe durch den Hauptausgang. Ich komme raus, plötzlich volles Licht von einem aufgemotzten Jeep. Der mit den blauen Augen sitzt auf der Kühlerhaube in einem schwarzen engen Motorradanzug mit einem Strauß roter Rosen in der Hand. Mir bleibt die Luft weg: So einen Wahnsinnsempfang habe ich nicht erwartet!

Wir gehen in eine Bar. Ich, fein herausgeputzt wie immer, und er in seiner Motorradkombi. Alle Leute kennen ihn. Er ist einer der bekanntesten Entertainer in der Stadt.
Mich interessiert nur, was in dieser Nacht vorgefallen ist. Er erzählt: „Die Party war zu Ende. Es wollte dich Einer nach Hause fahren, der in deiner Nähe wohnt. Aber der war betrunken. Da ich nüchtern war, habe ich dir angeboten, dich nach Hause zu fahren. Du bist in mein Auto gestiegen und wolltest nicht heim. Wir waren noch in drei Bars. Als ich dich dann endlich nach Hause fahren wollte, hast du gesagt, du willst mit zu mir kommen."

Er gefällt mir überhaupt nicht. Er baut jeden Tag stundenlang im Fitness-Center seine Muskeln auf, hat jede Menge Motorräder und dicke Autos. Das ist mir alles äußerst unangenehm. Trotzdem bin ich verliebt in ihn und wir verbringen ein paar Monate miteinander, kommen tagelang nicht aus dem Bett. Zwischen seinen Bühnenauftritten fahren wir im ganzen Land herum. Einfach toll!

Gudrun

Der Gentleman

Im Dezember 2011 reiste ich zu einem viertägigen Coachingseminar mit dem Titel „Journey to the Self" nach Ibiza. Der Kurs endete an Silvester um 22.00 Uhr und man beschloss, in einem Irish Pub auf das neue Jahr anzustoßen.

Ich bestellte mir eine kleine Auswahl Tapas und trank dazu ein Bier. Wir unterhielten uns gut. Eine Reggaeband spielte.
Dann musste Amor seinen Pfeil auf mich und den Herrn neben mir abgeschossen haben. Anders kann ich mir nicht erklären, was nun passierte.
Wir unterhielten uns, lachten und flirteten in einem fort. Der nette Engländer passte so gar nicht in mein "Beuteschema". Da er sich aber als interessant erwies, konnte ich mein stänkerndes Ego beruhigt zu einem Spaziergang ans Meer schicken.

Nach sieben Jahren spürte ich zum ersten Mal wieder mein Herz. Ich hatte tatsächlich gedacht es wäre kaputt. Er fing es mit seinem Humor ein, der Spaßengel mit Witz und Niveau.
Während sich mein Ego ohne Murren einem langen Strandspaziergang widmete, verging die Nacht wie im Flug. Fiel uns kaum auf auf unserer Wolke. Es war so anders als sonst, der große Engländer schien mich vorbehaltlos zu schätzen.
Wir waren wie zwei kleine Kinder, die ein neues Spiel entdeckten, allerdings mit der Reife zweier Erwachsener.

Um 8.00 Uhr ging mein Flieger zurück nach Deutschland. Ich schlief ungefähr eine halbe Stunde, nachdem er mich gentlemanlike am Hotel abgeliefert hatte.
Ein Freund nahm mich mit zum Flughafen Drei Stunden schlief ich auf einer Wartebank. Ich konnte nicht fassen, was da eigentlich passiert war.

Zu Hause hielt das gute Gefühl an, es folgten unzählige SMS. Wir beschlossen, uns möglichst bald wieder zu sehen. Er schlug vor, schon am Mittwoch nach Deutschland zu kommen. Das Wetter hier war jedoch so schlecht, dass ich kurzerhand entschied, wieder nach Ibiza zu fliegen.
Ich konnte es kaum erwarten, ihn und seine Freunde wieder zu sehen. Die nächsten fünf Tage wurden unvergesslich. Auch meine Englischprobleme legten sich bald. Wir redeten über Gott und unsere Welten. Ich „erledigte" so viel in so kurzer Zeit, wie nie zuvor.
Meine und seine Energie schien grenzenlos, wir machten die Nacht zum Tag und umgekehrt. Ich fühlte mich wie Cinderella.

Cinderella ist jetzt zurück in Deutschland und hält per Skype – meist mitten in der Nacht – Verbindung zu ihm. Trotzdem fehlt etwas. Anfang Februar ist es endlich soweit. Ich werde ihn in England besuchen. Danach kommt er nach Deutschland, um meine Söhne kennenzulernen. Der Kleinste hat schon mit ihm geskypt und brennt darauf, ihn zu sehen.

Mein Leben hat eine Menge Schwung bekommen. Ich habe so viel Energie, und je mehr Liebe und Energie ich teile, desto mehr bekomme ich zurück.

Karin

Liebesstrom

Er liegt bäuchlings auf der Massageliege und ich öle meine Hände und seinen Rücken ein. Kraftvoll lasse ich meine Unterarme über seinen Körper gleiten. Er gleitet in das Reich der Träume, schnarcht leise. Er ist völlig entspannt.

Ein wohliges Gefühl macht sich erst in meinem Herzen, dann in meinem ganzen Körper breit. Seltsam: Ich empfinde totale Ruhe, ich bin eins mit dem Wesen unter meinen Händen und doch spüre ich meine Erregung. Als flösse meine ganze Liebe durch meine Hände in den anderen Körper und zurück. Ich möchte gar nicht mehr aufhören.

Marlene

Kinderhopps

Sie ist mir direkt ins Auge gefallen, als sie mit ihren zehn Freundinnen hereinkam. Die Mädels wurden von Jungs umlagert. Ich war eher zurückhaltend. Darum hat sie sich wohl für mich interessiert. Man kann schon sagen, dass das Liebe auf den ersten Blick war. Wir sahen uns an und sind seitdem zusammen. Das ist jetzt 21 Jahre her.

Ich war fünfzehn, Angelika war dreizehn. Die Eltern hatten ihr erlaubt zum Kinderhopps, unserer Sonntagnachmittagsdisco im Ort, zu gehen. Wir sind ins Gespräch gekommen und haben beschlossen, uns in der folgenden Woche wieder im Kinderhopps zu treffen. Nach dieser Verabredung sind wir das erste Mal alleine in eine Eisdiele gegangen. In der Woche darauf haben wir uns dann erneut getroffen. Und da gab es das erste Küsschen. Seitdem sind wir ein Paar.

Es gab eine Zeit, da sind wir getrennte Wege gegangen. Wir waren neugierig, ob es da noch etwas anderes gibt. Das war die Hölle für mich. Und für sie auch. Nach etwa drei Monaten hat sie nachts angerufen und gefragt: „Wie geht es dir? Es ist Post gekommen. Willst du die nicht abholen?" Ich tat es. Seitdem sind wir nie wieder getrennt gewesen.

Wir haben nach zehn Jahren geheiratet. Die Krönung sind unsere beiden Kinder. Vor sieben Jahren ist die erste Tochter gekommen und knapp zwei Jahre später die zweite.

Micha

Behüte deine große Liebe

Als ich in die USA kam, war ich zwanzig Jahre alt. Eines Abends ging ich mit einer Freundin aus Venezuela zum Salsa tanzen. Ich hatte davon keine Ahnung und so zeigte sie mir ein paar Schritte. Ein Venezolaner forderte mich auf, mit ihm zu tanzen. Ich schielte ständig auf meine Füße. Er sagte: „Nein, nein, sieh nicht auf deine Füße. Das bringt dich durcheinander. Bewege einfach deinen Körper und schaue mir in die Augen." Später hat er mir gesagt, dass er sich sofort in mich verliebt hatte.

Ich habe auch gleich gefühlt, dass etwas zwischen uns war. Wenn er mich berührte, spürte ich überall ein Kribbeln. Es war komisch auf eine sehr angenehme Art. Ich fühlte mich sehr wohl mit ihm. Wir tanzten gemeinsam durch die Nacht. Dann fragte er mich nach meiner Telefonnummer. Eine Woche später hatten wir eine Beziehung.
Das war richtig gut! Es funktionierte alles in dieser Partnerschaft. Er achtete immer darauf, dass es mir gut ging. Ich fühlte mich so geliebt von diesem Mann und ich liebte ihn auch. Ich wollte mit ihm zusammen ziehen. Das war nicht einfach, denn ich wusste, dass meine mexikanische Familie das nicht akzeptieren würde. Sie ist sehr traditionell. Heiraten wollte ich aber auch nicht sofort.

Damals wohnte ich bei meiner Schwester. Sie ist total ausgeflippt, als ich ihr erzählte, dass ich mit ihm zusammenziehen wollte. Sie verriet es sofort meiner Mutter in Mexiko, und die erzählte es

meinen Brüdern. Meine Familie respektierte meinen Wunsch nicht. Sie ließen mich spüren, dass ich etwas vollkommen Falsches tun würde.
Es war mir egal, was sie dachten. Ich zog mit ihm zusammen und wir waren drei Jahre lang sehr glücklich. Bis meine Familie beschloss, uns auseinander zu bringen.

Obwohl ich ihn liebte, war da immer das Gefühl, dass ich etwas Verbotenes tat. Ich dachte, ich müsste diesen Fehler mit meiner Familie wieder gut machen. Einige meiner Geschwister brauchten Hilfe. Zumindest gaben sie es vor. Ich wollte ihnen helfen, wo immer ich konnte. Zunächst quartierte sich meine Schwester mit Ehemann für acht Monate bei uns ein. Dann ein Bruder, dann der andere Bruder. Ich half ihnen allen, Fuß zu fassen, als sie nach Austin zogen. Während der drei Jahre, die mein Traummann und ich zusammen lebten, waren wir vielleicht drei Monate für uns alleine.

Selbstverständlich beeinträchtigte es unser Verhältnis, dass ständig jemand von meiner Familie da war. Am Ende kostete es mich meine Beziehung. Eines Tages sagte er mir, dass er das nicht mehr mitmachen würde. Er sah, dass ich meine Familie nie aufgeben würde.
Sogar eine ganz große Liebe kann zerbrechen, wenn du sie nicht beschützt.

Rosanna

Die Rose unter dem Scheibenwischer

Damals dachte ich: Alle Schwulen wollen eine Partnerschaft fürs Leben.
Er war Rechtsanwalt in Frankfurt und ich war wenige Monate dort, um meine Diplomarbeit zu schreiben. Ich fand diesen großen, schlanken Mann so sexy und toll! Er hatte einmal Sex mit mir. Dann bin ich weggezogen, um in Berlin zu arbeiten.

Ich war so verliebt in ihn, dass ich extra von Berlin kam und ihn suchte. Ich klemmte ihm sogar eine Rose unter den Scheibenwischer.
Das ging so weit, dass ich zu einem Bekannten mit einer coolen Wohnung sagte: „Du musst ausgehen. Ich brauche deine Wohnung. Ich will mich mit dem treffen." Er überließ mir die Wohnung tatsächlich und ich traf mich einmal mit meinem Angebeteten dort.

Aber mein Anwalt hat mich wie ein Stück Dreck behandelt. Er meinte: „Wir können uns in der Sauna treffen." Dort hatten wir Sex und er ist wieder zurück in sein Leben gegangen.

Ich hatte mich total verrannt in diese Sache. In Berlin hätte ich tausend Männer haben können, aber ich wollte den Unerreichbaren, fuhr jedes Wochenende nach Frankfurt und er ließ mich hängen. Ich war so blind!

Erwin

Salsa mit Sven

Ein DJ legt Platten auf. Meine Freundin Marina und ich nehmen einen Drink an der Bar, tanzen ein wenig und sprechen mit ein paar Leuten, die wir kennen. Plötzlich höre ich die Stimme meines Coachs in meinem Kopf: „Such dir den Mann aus, der am traurigsten ausschaut." Ich lächele über den Gedanken und schaue mich im Lokal um. Da sehe ich diesen jungen Mann. Er sitzt allein mit seinem Getränk am Tisch.
Wartet er auf seine Freundin? Lass mal noch zehn Minuten verstreichen und warte, ob seine Freundin auftaucht. Kurz darauf spricht er mit jemandem am Telefon. Keine Freundin weit und breit zu sehen. So sage ich zu Marina: „Ich kümmere mich mal um den Kerl da drüben."

Ich gehe also hinüber und spreche ihn an: „Na, was machst du? Gefällt es dir hier?"
Seinem Gesichtsausdruck nach scheint er sich zu fragen: ‚Wer bist du? Und warum sprichst du mit mir?' Ich denke: „Vielleicht spricht er kein Englisch" und versuche es auf Spanisch. „Ich spreche kein Spanisch", meint er. „Englisch?" „Nein, Deutsch." Ich grinse. „Mein Deutsch ist nicht wirklich gut." (Tatsächlich spreche ich überhaupt kein Deutsch.)
Er antwortet „Ich verstehe Englisch."
Ich: „Ich finde es toll, dass ich dich hier kennen lerne."
Er strahlt und bietet mir an, mich zu ihm zu setzen. Wir unterhalten uns angeregt und ich spüre eine gute Verbindung zwischen uns beiden. Nebenbei organisiert er neue Getränke.

„Ich bin gleich zurück. Muss mal zur Toilette", sage ich.
„Ich komme mit dir."
„Du willst mit mir zur Damen-Toilette gehen", wundere ich mich.
„Oh, nein. Ich warte auf dich."

Ich finde das reizend. Die Männer in Mexiko tun das. Wenn ein Mädchen zur Toilette geht, warten sie vor der Tür auf sie und bringen sie zurück zum Tisch. Interessant, dass er das als Deutscher ebenfalls macht. Ich fühle mich sehr beschützt durch ihn. Ein schönes Gefühl!
Später, ganz plötzlich, küsst er mich. Ich habe den Eindruck als würde ich ihn schon ewig kennen. Was um Himmels willen ist hier los?
Ich halte mich zurück, wie unter Schock. Nachdem wir ausgetrunken haben, bringt er mich nach Hause. Wir haben himmlischen Sex. Das ist für mich außergewöhnlich beim ersten Mal.

Bei unserem zweiten Date kommt er nervös bei mir an. Dieses Mal haben wir keinen Sex. Er will mich kennenlernen. Er möchte sehen, wie wir uns verstehen ohne Alkohol und außerhalb einer Bar. Dieses zweite Mal ist sehr wichtig für mich.
Ich frage ihn, ob er tanzen kann. Er sagt:
„Ja, ein wenig."
„Salsa?"
„Nein."
„Ich kann's dir zeigen, wenn du möchtest."
Er hat noch nicht einmal „ja" gesagt, steht auf und nimmt mich in den Arm. Ich zeige ihm die Grundschritte.

Später erzählt er mir, er habe das getan, weil er in meinen Augen gesehen hat, wie sehr ich Salsa tanzen liebe. Sooo süß!
„Ich mag dich! Ich mag dich sehr!"

Seitdem sind wir uns sehr verbunden. Er ist ein fantastischer Mann mit einem großen Herzen.

Lorena

Salsa mit Lorena

Wir haben uns in einer Disco in Ibiza kennen gelernt. Ich war mit ein paar Leuten dort verabredet. Die sind nach und nach alle abgesprungen. Ich hatte keine Lust, zuhause zu bleiben und bin alleine ausgegangen. Ich bestellte mir also einen Drink und rauchte eine Zigarette. Es war nicht viel los. Mit meinem Kollegen habe ich telefoniert und gesagt: „Wenn hier nichts weiter passiert, komme ich jetzt nach Hause." Als ich das Telefonat beendet hatte, saß jemand neben mir: Lorena.

Sie hat sich einfach neben mich gesetzt und gefragt, was ich da mache. Es war interessant, wie wir ins Gespräch gekommen sind. Denn ich spreche nicht so gut Spanisch. Und Englisch, das ist auch so ein Ding. Irgendwie ging es doch und wir haben uns verstanden. Worüber wir uns unterhalten haben, war nichts Besonderes, aber wie das entstanden ist. Es war nett und wir haben den ganzen Abend dort verbracht. Das war eine schöne Zeit und dann hatten wir eine noch schönere Nacht zusammen.

Als wir uns das zweite Mal gesehen haben, bin ich zu ihr gefahren. Ich war nervös, hatte Bauchschmerzen und fragte mich: „Machst du jetzt alles richtig?"
Dann hat sie die Tür geöffnet und innerhalb von zehn Minuten konnte ich mich total fallen lassen. Die Aufregung war vergessen. Wir haben den ganzen Abend nur geredet. Eine völlig neue Erfahrung, mich einfach so gehen zu lassen. Meine Bauchschmerzen vergingen ganz schnell.

Ich habe mich bei ihr wohl gefühlt. Ich wusste auf einmal, da geht noch ein bisschen mehr. Das ist nicht nur so eine Urlaubsliebe.

Bei diesem Date habe ich das erste Mal Salsa getanzt. Sie fragt mich:
„Na, wie schaut's aus? Willst du mal Salsa tanzen?"
Und ich dachte: „Ja, warum eigentlich nicht?"
Das würde ich sonst nie machen. Ich habe noch nie getanzt in meinem Leben. Mit ihr habe ich es probiert und es ging auch ganz gut. Wahrscheinlich sind wir uns dadurch noch näher gekommen. Es war schön. Mit so einer Lehrerin macht das Spaß!

Wenn ich mit ihr zusammen bin, passt einfach alles. Die Zeit vergeht wie im Flug. Das ist eine neue Erfahrung für mich. Das einzige Problem ist, dass sie jetzt auf Hawaii ist und ich auf Ibiza. Damit muss ich noch fertig werden.
Wir skypen täglich. Die Zeit ist knapp, drei Stunden sind da manchmal echt zu wenig. In ein paar Wochen fliege ich zu ihr. Ich fühle mich wie ein kleines Kind. Ich kann's nicht erwarten, am Flughafen zu stehen und sie in die Arme zu nehmen. Ich denke, es wird so sein, wie an unserem zweiten Abend: überall Kribbeln und weiche Knie.

Das Schöne mit ihr ist, dass ich sagen kann, was ich denke. Ich muss nicht groß nachdenken und ich entspanne mich. Es passt einfach. Mal sehen, wie das mit der Entfernung geht. Ich weiß für mich, dass es so nicht funktioniert. Da muss etwas passieren. Wahrscheinlich wird es darauf hinaus laufen, dass ich zu ihr gehe. Ich hatte mir sowieso schon vorgenommen, dass ich in den nächsten drei Jahren von Ibiza fortziehen werde. Das ist ein Anstoß, etwas Neues auszuprobieren. Mit ihr zusammen ist das natürlich der perfekte Weg.

Sven

Wahre Liebe

Meine Frau ist dreißig Jahre jünger als ich.
„Ich werde alt."
„Ich werde mit dir zusammen sein bis zum letzten Tag, zur letzten Stunde, zur letzten Minute, zum letzten Atemzug. Ich bin deine Frau."
Wer würde nicht gerne so absolut und vorbehaltlos geliebt werden?

John

Stunksitzung

„Lass uns heute Abend zur Stunksitzung in Köln gehen. Du warst schon so viele Jahre nicht mehr dabei", meint meine Freundin Claudia.
„Ich will lieber meine Bronchitis kurieren."
„Und DU gehst mit!", erwidert Claudia bestimmt.

Nach der Sitzung schleppt sie mich zur Fotowand im Foyer. Wir sind den ganzen Abend über fotografiert worden. Auf dem Weg zum Foyer bleibt sie bei einem Bekannten hängen.
Ich schaue mich in der Zwischenzeit ein wenig um. Mein Blick fällt auf einen Mann. Er blickt mich an. Ich blicke ihn an und schaue wieder weg. Och, der ist aber nett! Dann sehe ich noch einmal hin. Er fixiert mich und freut sich offensichtlich, dass ich ein zweites Mal zu ihm hin schaue. Drei Sekunden später steht er neben mir:
„Möchtest du ein Kölsch trinken?"
„Ja, gerne."
Er erzählt mir, dass er keine Lust auf Karneval gehabt hat. Aber im Dezember hatte er beschlossen, sein Leben zu ändern. Und so ist er dann doch hin gegangen.
Wir reden ohne Unterlass und zwischendurch tanzen wir.
„Darf ich dich küssen?", fragt er auf einmal vorsichtig.
Ich entgegne mit gespieltem Entsetzen:
„Wie? Hier? Vor allen Leuten?"
„Wir können ja in eine dunkle Ecke gehen."
„Sehe ich aus wie eine Frau, die sich in dunklen Ecken herumtreibt?" erwidere ich entrüstet.
„Oh, Entschuldigung. Natürlich nicht", murmelt er.

Lachend denke ich: „So einfach mache ich es dir nicht!"
Er nimmt meine Aussage wohl ernst und wir trinken erst mal ein weiteres Kölsch.

Nun steht Claudia da und schlägt vor, nach Hause zu gehen.
Er fragt, ob er mich denn mal anrufen dürfe. Ich sage:
„Ja. Morgen fliege ich wieder heim."
„Wie? Du fliegst morgen wieder heim?"
„Ich wohne bei München."
„Oh, äh, ja" stammelte er erstaunt. „Kann ich dir meine Visitenkarte geben?"
Ich lese „Dr. Irgendwas" und sage spontan:
„Oh nee – kein Arzt. Bitte nicht."
Da entgegnet er ganz schnell „Nein, nein. Ich bin Anwalt."
Wir flachsen einen Moment in diesem Stil weiter.
Schließlich vereinbaren wir, dass er mich am nächsten Tag zum Flughafen bringt.

Im Taxi auf dem Heimweg löchert mich eine neugierige Claudia. „Wer ist das denn?"
„Das ist mein Mann! Den heirate ich."
„Was hast du getrunken? Du benimmst dich nicht normal."
„Doch, das ist mein Mann!"

Am nächsten Tag fährt er mich zum Flughafen. Wir verabschieden uns mit Handschlag.
In München gelandet, rufe ich ihn an. Seitdem telefonieren wir täglich.
Nach vier Wochen kommt er zum ersten Mal zu mir an den Ammersee. Ich bin total aufgeregt. Was habe ich gemacht? Mir einen wildfremden

Mann nach Hause einzuladen! Wie kann ich ihn hinauskomplimentieren, wenn es nicht passt? Es stellt sich heraus, dass er mindestens genauso nervös ist.

Nach einem Jahr Fernbeziehung habe ich jetzt meinen Job gekündigt und ziehe zu ihm nach Köln. Ich freue mich darauf!

Kristina

Sudhiros Zeremonien

Sudhiro Miyaca Olowan gehört zum Stamm der Lakota, er ist Coyote. Coyoten sind Menschen und Tiere, die alles durcheinander bringen, Narrenfunktion haben und über sich selbst lachen. In den Himmel schauen und über sich selbst lachen, das kann Sudhiro sehr gut.
Auf der Insel Rügen lernen wir uns kennen. Sudhiro hält dort mit uns Rituale und Schwitzhütten ab. Er ist ein kleiner, zarter Mensch mit Fehlern. Seine Zeremonien sind wahrhaftig und einfach, unaussprechlich großartig!

Morgens, noch vor dem Duschen und Zähneputzen, treffen wir uns in einem Raum und eine halbe Stunde tun wir nichts anderes als lachen und weinen. Uns schmerzt der Bauch vor Muskelkater. Das ist befreiend. Ich lache noch heute, wenn ich daran denke.

Sudhiro ist ein von seinem Großvater autorisierter Pfeifenträger. In der Friedenspfeife muss kein Tabak sein, es können auch Kräuter geraucht werden. Wichtig ist, dass während der Zeremonie nicht gesprochen wird. Schon während der Vorbereitung widmen alle ihre Aufmerksamkeit dem Geschehen. Wie die Pfeife ausgepackt wird, wie sie sorgfältig gestopft und angezündet wird.
Wer sie dann bekommt, hält sie drei Mal vor sein Herz, einmal vor seinen Mund und gerade vor sich weg, zur Mitte des Kreises hin, in dem man sitzt. Nachdem man daran gezogen hat, wird nur das, was in diesem Moment aus dem Herzen kommt,

gesagt. Keiner gibt einen Kommentar. Das ist ein ergreifendes Ritual.

Eine für mich sehr wichtige Zeremonie ist „Mitakuye Oyasin – Im Namen meiner Verwandten".
Das ist ein Totenritual. Wir gehen für eine ganze Nacht auf die Toteninsel. Das ist der Platz, an dem sich die Gruppe die ganze Zeit aufhält. Aber diese Nacht verwandelt den Ort. Wir sind meilenweit entfernt. Wir begegnen unseren Ahnen. Wir rufen sie und wir lassen sie wieder los. Es geht immer Einer in der Mitte im Kreis, einmal rechts, einmal links herum. Das Ganze ist ein sehr langsamer Prozess. Ich wundere mich, weshalb die anderen so langsam gehen und denke mir ich gehe da schneller. Als ich an der Reihe bin, ist die Luft um meinen Körper herum nur schwer zu durchdringen. Es gibt kein schnelles Vorankommen. Während des Rituals verliere ich die Orientierung und falle fast um, weil ich den Hauch eines Ahnen am Hals spüre. Es dauert eine Ewigkeit, bis ich mich wieder sammele. Alle Anwesenden halten die Kraft für denjenigen, der sich gerade im Kreis befindet.

Wir haben Rasseln und andere Instrumente, mit denen wir Geräusche machen und geben ständig Laute von uns. Wir sollen spielen, was in diesem Moment aus uns heraus kommt. Nach einigen Stunden habe ich auf einmal die Stimme eines elfjährigen Mädchens. Nicht nur ich höre das, auch die Anwesenden um mich herum. Es ist also keine Einbildung. Ich spreche wie ein Kind kurz vor der Pubertät. Ich bin ganz aus dem Häuschen:

„Ich habe meine Stimme wieder gefunden! Das ist wunderbar!" Denn seit der Pubertät versagt meine Stimme immer wenn ich erregt bin. Mein Hals ist dann wie zugeschnürt.

Eine Szene ist mir in besonderer Erinnerung. Ich frage Sudhiro „Wer bin ich? Gib mir einen Namen." Ohne zu zögern sagt er: „Kangi Owachee Win - Die tanzende Rabenfrau." Mein Herz, mein Bauch, alles sagt sofort ja. Mit diesem Namen gibt er mir eine neue Identität: Dieses kraftvolle Rabenwesen in mir.
Raben sind die Tiere an der Grenze des Diesseits zur anderen Welt. Ich habe viele Tote in meinem Leben. Das weiß Sudhiro nicht. Ich habe Zugang zu den Toten im Jenseits und den Lebenden im Hier. Ich bin gespannt, was ich noch alles entdecke auf diesem Weg. Ich bin erst am Anfang. Sudhiro spiegelt mich wider auf eine Art, die ich nicht kenne und die mich erhebt. Er sieht in mir eine Gleichwertige: Eine Schamanin.

Nachdem wir uns getrennt haben, merke ich, dass Sudhiro in mir ist. Wo ich auch bin: Er ist immer bei mir. Ich weiß nicht, ob ich ihn jemals wieder sehen werde. Das ist auch nicht wichtig. Denn diese große Liebe ist so fern von Besitz und von Wiederhaben-Wollen. Diese große Liebe ist so befreiend! Dafür bin ich dankbar.

Barbara

Danke

„Sie haben eine besonders aggressive Form von Krebs", sagt der Arzt.
Das ist ein riesiger Schock! Unsere Welt bricht zusammen.
Mein geliebter Mann ist mit 57 Jahren viel zu jung zum Sterben und ich bin zu jung, ihn gehen zu lassen.
Warum er? Zunächst geben wir uns unserem Schmerz hin. Doch dann erinnern wir uns gemeinsam an all die Dinge, die er in seinem Leben gemacht hat. Er wird in ein liebevolles Elternhaus geboren, er lebt den Traum, den sich andere nur bei Filmstars vorstellen können, heiratet mich, die ihn anbetet. Wir bekommen drei fantastische Kinder, ziehen durch die Welt.
Ich habe wundervolle Jahre mit ihm verbracht. Keine Minute möchte ich missen.

Er ist friedlich aus seinem kurzen und glücklichen Leben gegangen, da er wusste, dass die Freunde, die wir getroffen haben, seine Familie wirklich und aus vollem Herzen unterstützen.
Meine Kinder und ich sind diesen lieben Menschen so dankbar. Worte können das nicht ausdrücken.

Tracy

Bali

1983 in Bali. Ich bin verheiratet, habe zwei Kinder. Das eine ist gerade geboren und meine Frau ist mit beiden Kindern in Deutschland, um den Omas das Neugeborene vorzustellen.
Ein Freund hat mich auf eine Party in meinem Dorf eingeladen. Ich lehne lässig an der Bar. Plötzlich bleibt mir die Luft weg: Ein Mädchen betritt den Raum. Unsere Blicke treffen sich und es ist so, als wenn durch uns beide ein Blitz geht. Daraus wird eine Nacht und ein Tag, noch eine Nacht und noch ein Tag.
Nach zwei Wochen ist es zu Ende: Sie haut mit ihrem Verlobten ab nach Singapur. Der saß die vergangenen zwei Wochen allein woanders und wusste nicht genau, wo seine Verlobte ist. Und ich war verheiratet.

Diese beiden Wochen verstaue ich in einer Box in meinem Gehirn. Manchmal erinnere ich mich intensiv, manchmal weniger, manchmal sind sie vergessen. Bis 2009. Plötzlich, meine Frau ist einige Jahre zuvor verstorben und ich ziehe gerade meinen Kopf aus dem Sand, erhalte ich eine E-Mail: „Ich hatte gerade einen Traum. Ich träumte von dir. Wie geht es dir? Wie geht es deiner Frau und den Kindern?"

Es stellt sich heraus, dass sie, seit zehn Jahren geschieden, auf der Suche nach mir ist. Die gemeinsamen Freunde blockierten einen Kontakt jedoch, weil meine Frau Krebs hatte. Nachdem sie gestorben ist, gibt ihr einer meiner Freunde meine E-Mail-Adresse. Aus dieser Sache sind zweieinhalb Jahre voller Leidenschaft und Liebe entstanden.

Es funktioniert nicht. Der Alltag hat uns eingeholt. Aber die Leidenschaft, die kann man nicht einfach auflösen, die hängt noch in der Luft.

Manuel

Partyknaller

Übers Internet hatte ich Jens kennen gelernt und mich zu einer Gruppensexparty verabredet. Im Vorfeld klärten wir zur Sicherheit unsere sexuellen Präferenzen ab.
Auf einmal war die Luft raus auf der Party und jemand sollte Stimmung machen. Wir beide hatten miteinander Sex um die Anderen anzuheizen. Wir schauten uns in die Augen. Es ging nur darum, wer kann mehr, wer braucht mehr, was geht besser. Das war schon richtig cool.

Am nächsten Morgen packte ich meine Sachen. Ich war auf dem Weg zu meinen Eltern, die eine Stunde entfernt wohnten. Jens hatte mir eine SMS geschrieben, ob ich Zeit hätte zum Frühstücken. Ich setzte mich ins Auto und machte ein Foto von meinem Penis, schickte ihm das mit der Bemerkung, dass ich für einen Kaffee Zeit hätte und fuhr dann in das vorgeschlagene Lokal. Wir hatten eine sehr schöne Zeit. Er war nur für Party und Sex in die Stadt gekommen und musste ebenfalls nach Hause fahren.

Der Kontakt zu Jens war zäh. Er war zurückhaltend. Eines Tages war ich auf der Hochzeit meines Cousins. Ich dachte: „Was mache ich eigentlich hier?" Ich verließ die Party, ging zum Kölner Hauptbahnhof, kaufte einen Strauß langstieliger Rosen und fuhr damit zu Jens. Da hat es gefunkt und wir sind zusammen gekommen.

Manchmal überraschte ich ihn: Kaufte mir neue Lederklamotten und fuhr zu ihm als Ledermann.

Er machte mir die Tür auf und ich packte ihn sofort ins Bett. Die Spontaneität ist leider etwas verloren gegangen, der Alltag eingekehrt. Wir sind erschöpft, wenn wir nach Hause kommen. Es ist so wichtig, dem Anderen die Lampen anzumachen. Das Einzige was langfristig funktioniert ist guter Sex.

Sex ist überall verfügbar. Du kannst dich ganz einfach im Internet zum Sex verabreden. Aber du gehst eine Beziehung ein, damit du nicht am Wochenende in der Sauna oder in der schwulen Kneipe neue Akquisitionen machen musst.

Und Jens liebt mich so wie ich bin. Wenn ich zu ihm sage, „Ich hab hier einen superscharfen Hobel im Internet, der will sich mit uns treffen", dann sagt er meist: „Nee, fahr du alleine."

Ich kann meinen Spaß haben, vollkommen ohne schlechtes Gewissen. Jens ist da super. Aber am besten ist es, wenn wir zusammen unterwegs sind. Wir sind die Partyknaller, wenn wir gemeinsam auftreten.

Das ist genau wie auf Businesstreffen: Die stehen alle rum und keiner traut sich, jemanden anzusprechen. Wir fangen auf so einer Party miteinander an und die anderen steigen dann ein. Jens ist ja auch sehr attraktiv.

Ich bin so froh, dass ich ihn als Partner habe.

Klaus

Die Baggerburg

Ich tanze sehr gerne und mein Mann will nie mit. So habe ich angefangen, ohne ihn auszugehen, was nie ein Problem war.

Eines Abends kündigte ich an, mit Freundinnen in ein Tanzlokal bei uns in der Nähe zu gehen. „Das finde ich jetzt gar nicht gut, dass du ausgerechnet dahin gehst", meinte er.

Normalerweise ist mein Mann sehr fürsorglich, wenn ich allein ausgehe und lässt am Haus die Lichter an. Als ich an diesem Abend heim kam, war alles stockdunkel. Er schmollte und sprach nicht mit mir. Ich wusste nicht wirklich, was los war. Nach vier Tagen konnten wir endlich miteinander reden. Es hatte ihn gestört, dass ich gegangen bin, obwohl er gesagt hatte, dass es ihm nicht gefällt. Und ich war enttäuscht, dass er nach 21 Jahren Beziehung kein Vertrauen zu mir hatte.

Nach unserer Aussprache küsste er mich und sagte: „Ich mache dir einen Vorschlag. Du gehst nicht mehr in diese „Baggerburg", dafür gehe ich mit dir in den Tanzkurs." Das hat mich total gefreut, denn am liebsten tanze ich doch mit meinem eigenen Mann.
Wir besuchen jetzt sogar einen Fortgeschrittenen-Kurs, weil mein Mann Spaß am Tanzen hat! Nachdem er sich zwanzig Jahre lang dagegen gesträubt hat, kommt mir das fast unheimlich vor. Eine größere Liebeserklärung hätte er mir nicht machen können.
Dass er nicht mir tanzen ging, war das einzige Manko an unserer Beziehung.

Hiltrud

Zwölfeinhalb Jahre

Wir trafen uns in einem Workshop für Persönlichkeitsentwicklung und fühlten uns sofort voneinander angezogen.
Es gab noch einen anderen Mann, an dem ich interessiert war und eine andere Frau, an der er Interesse zeigte, und so flirteten wir an den vier Kurstagen ein wenig.

Ich wollte wissen, wie alt er ist, denn er sah jünger aus als ich. Und damit hatte ich ein Problem. Man hatte mir beigebracht, dass der Junge nicht einen Tag jünger sein darf, als das Mädchen.
Also fragte ich ihn nach seinem Alter. Andrew merkte sofort, dass das für mich ein wichtiges Thema war und wollte es mir nicht sagen. „Sobald ich dir das sage, wirst du gehen." – „Nein, bestimmt nicht", antwortete ich.
Er sagte es mir also und ich war schockiert! Ich wusste ja, dass er jünger war als ich, aber ich ahnte nicht, dass er so viel jünger war. Zwölfeinhalb Jahre! Ich tickte völlig aus und verschwand sofort. Das war mehr, als ich verkraften konnte.
Also verfolgte ich die Sache mit dem anderen Typen und er ging mit dem anderen Mädchen aus. Beides funktionierte nicht.

Zur Vertiefung des Seminars trafen sich einige Teilnehmer drei Monate lang einmal pro Woche. Gleich beim ersten Termin traute ich meinen Augen nicht: „Oh mein Gott! Sieh mal, wer da ist!"
Er ließ mich wissen, dass er ein Mädchen nur einmal fragt, ob sie mit ihm tanzt. Wenn sie nein

sagt, fragt er sie nie wieder. Ich wusste also, dass ich in Aktion treten musste.
Meine Erziehung klopfte wieder an. „Ein Mädchen fordert niemals einen Jungen auf." Ich musste also etwas tun, das mir vollkommen gegen die Natur ging. So dümpelte die Sache einige Wochen vor sich hin.

Meine Freundin Petra bemerkte die Anziehung zwischen uns beiden und half mir, indem sie ihn eines Tages fragte „Andrew, wenn dich ein Mädchen fragt, ob du mit ihr ausgehst, wie würdest du reagieren?" Petra fragte so, dass es für Andrew deutlich war, dass sie von mir sprach und er antwortete: „Ich wäre begeistert, würde sie ausführen, würde bezahlen, sie chauffieren, ihr die Tür öffnen." Er machte es so leicht! Und immer noch litt ich Qualen und konnte nichts tun.
Schließlich fasste ich mir ein Herz und fragte ihn, ob er mit mir ausgehen würde. Er reagierte sehr freundlich und erzählte mir, dass ihn eine Freundin von weit her besuchen wollte und am folgenden Wochenende ein anderes Mädchen käme. Ich dachte nur „Oh mein Gott, das kann ja heiter werden", versuchte cool zu bleiben und beruhigte mich selbst. „Ok, alles klar. Wir haben ja noch nichts miteinander angefangen."

Dann sind wir doch ausgegangen und ein paar Tage darauf zusammen in Urlaub gefahren. Wir hatten eine so gute Verbindung, dass er mir direkt seine Wohnungsschlüssel gegeben hat. Seitdem sind wir ziemlich unzertrennlich. Inzwischen sind wir 21 Jahre verheiratet.

Manchmal ist es ganz schön herausfordernd, weil wir an verschiedenen Punkten unseres Lebens stehen. Aber wir reden miteinander. Das ist unser Schlüssel zum Glück. Die Liebe, die wir für einander empfinden ist die stärkste, die ich jemals zu einem Menschen gefühlt habe. Selbst, wenn wir Meinungsverschiedenheiten haben, steht unsere Liebe im Vordergrund. Wir wissen, dass wir uns lieben und dass wir das Beste für den anderen wollen. Das macht alles aus.

Ella

Karneval

Sie trugen alle die gleichen Kostüme und doch stach einer aus der Gruppe. Ich fand Ralf sehr attraktiv, er entsprach äußerlich allen Kriterien, die ich favorisiere.
Im trunkenen Zustand hatte ich den Mut, einen in der Gruppe anzusprechen, nachdem Ralf weggegangen war. Ich tanzte und flirtete mit seinem Kumpel. Dann zog ich ihm das T-Shirt aus und schrieb mit Kajalstift meine Telefonnummer auf seine Brust.

Er rief mich tatsächlich an. Wir trafen uns und bandelten an.
Einige Wochen später, beim Christopher Street Day in Köln, traf ich Ralf wieder. Er war sehr zurückhaltend. Er hätte mich nie angesprochen, so introvertiert und schüchtern wie er war. Ich habe ihm einfach zwischen die Beine gegriffen.
Meine Wohnung war voll belegt. Da Ralf aus Mannheim angereist war, hatte er ein Hotelzimmer und so bin ich mit ihm dort hin gegangen. Ich fiel sofort ins Bett und schlief ein. Ralf war glücklich: Ich war der erste Mann, der nicht gleich nach dem Kennenlernen Sex wollte. Ich konnte ja auch gar nicht, so betrunken, wie ich war.

Wir trafen uns öfter und es entwickelte sich eine Beziehung. Mein Studium hatte ich gerade beendet, war in meinem ersten Job. Ralf war etabliert, hatte eine super eingerichtete Wohnung und ein geregeltes Leben. Ich war total verliebt in ihn. Wir pendelten zwischen Mannheim und Dortmund, wo ich wohnte.

Ich bekam einen Job in Hamburg. Dort sind wir dann zusammen in eine große Altbauwohnung gezogen. Wir luden gerne Leute zu unseren Partys ein und waren viel unterwegs.
Bis ich mein erstes „Psychoseminar" hatte. Da merkte ich, wie eifersüchtig Ralf war. Er versuchte, meine Kontakte einzuschränken, da das potenzielle Konkurrenten waren, und er versuchte, mich zu kontrollieren. Dabei ging er geschickt vor. Wir hatten intensiven und viel Sex. Deshalb fiel mir das zunächst nicht auf. Wir trafen uns nur mit Älteren oder mit Frauen. Er achtete immer darauf, dass ich nicht mit Männern in meinem Alter in Kontakt trat. Mir war das egal, denn ich war ja ausgelastet. Aber mit seinem Kontrollzwang hat er mich eingeengt. Es kamen ständig SMS „Wo bist du?".

Dann bekam ich einen Job in Köln und wohnte die Woche über dort. Das erste halbe Jahr war ich so heiß, dass ich am Wochenende in nur drei Stunden die 450 km nach Hamburg raste. Er wartete dort schon auf mich, hatte alles vorbereitet. Wir hatten intensiven Sex und sind danach feiern gegangen.

Ralf hatte es sehr gut verstanden, mich mit Sex bei Laune zu halten. Ich bin manchmal auf dem Zahnfleisch gekrochen, weil ich so erschöpft war. Wir haben allen Blödsinn gemacht, mal einen Joint geraucht oder Viagra genommen, damit wir ein Wochenende durchhalten.
Später wurde das eine Herzschmerz-Beziehung. Wir gingen fremd und dann auseinander.

Steffen

Es geschah auf dem Stoppelfeld

Meine Kollegin Marion war hübsch, in ihrer Art eher zurückhaltend und eine Streberin. Ich war das genaue Gegenteil. In der Firma hatte sie mich schon manches Mal schlecht aussehen lassen und so hatte ich gezögert, sie zu fragen. Aber ich brauchte Nachhilfe um meine Prüfung zu bestehen. Und sie war nun einmal die Beste, um mir den Stoff zu vermitteln, der mir fehlte. Also fragte ich sie. Tatsächlich habe ich durch ihre Unterstützung die Prüfung geschafft, wenn auch nur gerade so. Sie hatte das beste Ergebnis des ganzen Bundeslandes hingelegt.

Obwohl Marion inzwischen woanders arbeitete, liefen wir uns ständig zufällig über den Weg, was meist in einer Verabredung zum Baden im See mündete. Sie brachte immer ihre Freundin mit, so war ich ständig mit zwei Mädels unterwegs.

Abends hing ich am liebsten mit den Kumpels in meiner Lieblingsbar ab. Es gefiel ihr da nicht: „Wie kannst du nur dorthin gehen? Das ist nicht mein Ding." Interessanterweise tauchte sie dann trotzdem in Begleitung ihrer Freundin dort auf. Hoppla, was macht die denn hier. Ich denke es gefällt ihr hier nicht, wunderte ich mich. Sie standen dann bei mir und meinten: „Wir fahren gleich noch woanders hin. Wäre toll, wenn du mitkommen würdest!" Ich fühlte mich geschmeichelt und bin mitgefahren. Über Wochen ging das so, ich zog mit den Mädels ab und ließ meine Kumpane allein.

Eines Tages feierte ich mit Freunden eine Fete auf dem Stoppelfeld. Wir bauten auf dem Feld eine Wagenburg aus Strohballen und machten mit zweihundert Leuten Party.

Ich saß auf einem Strohballen, da kam plötzlich Marion, griff meine Hand und zog mich auf die Tanzfläche. Ich kam mir vor wie ferngesteuert. Sie nahm mich so gefangen, wir haben Stunden lang getanzt. Später fanden wir uns dann küssend auf einem Strohballen wieder. Ich war wie aus heiterem Himmel verliebt! Wir blieben den ganzen Abend zusammen und verbrachten die Nacht knutschend auf Strohballen.

Am nächsten Tag war ich wie in Trance. „Was war passiert? – Ich war verliebt!" Das war der Start zu meiner ersten großen Liebe. Wir waren insgesamt siebzehn Jahre zusammen und haben einen gemeinsamen Sohn. Auch nach der Trennung haben wir heute ein gutes Verhältnis.

Dieter

Vaterglück

„Ich bin schwanger!" Der Boden wankte, als meine Freundin mir diese Mitteilung machte. Sie war neunzehn, mitten in der Lehre. Ich war zwanzig und im Begriff zur Bundeswehr zu gehen. Kein guter Zeitpunkt.

Der Gynäkologe hatte erkannt, dass es für uns beide sehr früh war, Eltern zu werden und bot uns ein vertrauliches Gespräch an. Wir gingen mit gemischten Gefühlen dort hin. Wir hatten keine Ahnung, ob wir das Kind bekommen sollten.
Der Arzt klärte uns über alle Details und Möglichkeiten einer Abtreibung auf. Kurz bevor wir gehen wollten, frage er mich: „Möchtest du das Baby sehen?" Als ich den winzigen Punkt auf der Ultraschallaufnahme sah, war mir schlagartig klar, dass dieses Kind das Licht der Welt erblicken würde.

Sieben Monate später: Aufgeregt stehe ich bei meiner Freundin im Kreissaal. Es geht los und bald ist er da. Mein Sohn! Was für ein Schreck: Er hat einen dreieckigen Kopf! Die Hebamme beruhigt mich: „Das ist morgen wieder weg."
Endlich, frisch gebadet drückt sie ihn mir in den Arm. Es ist ein unbeschreibliches Gefühl, als das Köpfchen an meiner Schulter liegt und ich den Atem meines Sohns spüre.

Rudi

Am Strand

Er war Teilnehmer in einem Kurs, den ich geleitet habe. Der Typ zog mich an. Im Seminar konnte ich kein normales Wort an ihn richten. Das war nicht gut. Um meinen Job als Kursleiterin gut zu machen, musste ich ihm sagen, was los war.
„Es tut mir leid, dass ich dich so wenig beachtet habe im Kurs. Aber ich habe mich fern gehalten, weil du mir so gut gefällst."
„Was???" Das hat ihn komplett aus den Socken gehauen.
Danach haben wir erst recht nicht mehr miteinander geredet, nur höfliches Geplänkel. Aber wir haben uns dennoch wahrgenommen.

Am Ende des Seminars gab es ein Fest am Strand. Auf einmal haben wir uns geküsst und ich dachte: „Na ja, so toll ist das nicht." Trotzdem haben wir uns in dieser Nacht aufeinander eingelassen. Dann gab es einen Punkt an dem es plötzlich ganz toll wurde.
Er hat das ebenso erlebt: „Das ist es vielleicht nicht!" Und dann hat es uns einfach mitgerissen. Wir waren beide erstaunt, wie sehr das passte.
Er gab mir die Freiheit, mich fallen zu lassen. So etwas kannte ich bis dahin nicht. Ich fühlte mich nie gut, wenn ich nackt war. Das war immer mit Scham verbunden. Und die verschwand jetzt. Ich bin kein Mensch, der zugeben kann, dass er Lust hat. Bei ihm jedoch war ich voller Lust.
In einer Nacht wurden wir von meinem Sohn unterbrochen, der wohl schlecht geträumt hatte. Wir beruhigten ihn, gingen wieder zurück ins Bett. Alles war so selbstverständlich. Es gab nichts zu verstecken.

Bettina

Mondgesicht

Vom Mond hätt' ich dir gern erzählt,
der lautlos fallen lässt sein Licht.
Ich säh' so gern nun dein Gesicht.
Hab´ zwei Mal Frankfurt schon gewählt.
Du hörst mich nicht,
Du siehst mich nicht.
Ich seh' und hör' dich nicht und
tät' es doch so gern.
Der Mond schenkt sanftes Licht.
Und Du bist ach so fern.
Bis heute?
Hoffentlich!!!

Tim

Männergeschichte

Nach der Trennung von meiner Frau war ich eine Zeit lang Single und habe ein Internetportal ausprobiert, um vielleicht eine Partnerin zu finden. Schon am nächsten Tag meldete sich Agnes.
Wir haben einige Tage lang hin- und hergeschrieben, danach stunden- und nächtelang telefoniert. Wir waren begeistert voneinander und stellten viele Übereinstimmungen fest. Nach einer Woche beschlossen wir, uns zu treffen.

Ich war gespannt auf diese Frau, die ich nie gesehen hatte. Schon Tage vorher. Meine Aufregung an dem Tag, an dem wir unser Date hatten, werde ich nie vergessen. Ich war bei meinen Eltern und meine Mutter fragte „Was ist denn mit dir los? Du hast ganz rote Wangen." Ich guckte in den Spiegel und sah es selbst. Ich war so nervös.

Wir trafen uns in einem schönen Lokal. Ich brachte ihr Blumen mit. Das Essen war so köstlich wie unsere Unterhaltung. Und diese Frau sah auch noch verdammt gut aus! Auf einmal meinte Agnes: „Ich bin noch mit Freunden in einer Diskothek verabredet. Willst du nicht mitkommen?"
„Nein, ich kenne die Leute doch nicht. Geh du mal zu deinen Freunden und vergnüge dich. Ich fahre dann nach Hause."
Sie ließ nicht locker: „Lass uns Streichhölzer ziehen. Wenn ich gewinne, fährst du mit, wenn du gewinnst, entscheidest du, was du machst."

Ich habe verloren und bin dann mitgefahren. Agnes' Freunde waren nette, sympathische Leute. Wir hatten Spaß. Nach kurzer Zeit bin ich mit Agnes auf die Tanzfläche. Sie tanzte wie eine Göttin! Als ich eine Pause machte beobachtete ich sie bei ihrem aufreizenden Tanz. Es gab kaum einen Mann, der sie nicht ansah.

Dieser Abend war klasse. Dann musste ich nach Hause fahren, ich hatte eine weitere Strecke vor mir. Wir küssten uns zum Abschied und verabredeten uns für Sonntag. Mit klopfendem Herzen fuhr ich nach Hause. Ich war total verliebt. Auf meiner einstündigen Fahrt bekam ich alle fünf bis zehn Minuten eine SMS. Ich war verzaubert. So hat mich noch nie eine Frau begeistert.
Für Sonntagmorgen hatte ich sie zum Frühstück eingeladen. Sie blieb zwei Tage.

Danach trafen wir uns mehrmals in der Woche. Mal bei ihr, mal bei mir, wir gingen aus. Die Zeit mit dieser Frau gehört zu der schönsten meines Lebens. Ihre Leichtigkeit zog mich mit. Nach ein paar Wochen ebbte das ab. Sie machte sich immer rarer. Selbst an meinem Geburtstag kam sie nicht. Ich begann zu zweifeln. Als ich dann nachfragte, stellte sich heraus, dass es noch einen Klaus gab. Ich fragte sie, was sie will. Sie war unschlüssig. Einige Wochen ging es dann hin und her, die rosa Wolke war am Horizont verblasst.

Irgendwann teilte sie mir mit: „Nee, das funktioniert nicht mit uns. Ich habe berufliche Probleme. Es tut mir leid, dass ich mich nicht auf alles konzentrieren kann. Und bei Klaus kann ich nicht nein sagen."

Mich hatte das damals ziemlich getroffen. Weil ich sie nicht mit einem anderen Mann teilen wollte, beendete ich die Beziehung. Heute haben wir noch regelmäßig Kontakt. Meist meldet sie sich bei mir, wenn sie mit ihren Männern nicht klar kommt und möchte meine Meinung hören.

Rolf

Ein inniger Moment

Eigentlich wollte ich ins Geburtshaus, hatte alles toll geplant. Dann kam alles ganz anders. Mein Sohn war eine Woche über der Zeit. Ich saß in der Badewanne und sah, dass ich grünes Fruchtwasser verlor. Ich musste in die Klinik. Dort angekommen stellten sie fest, dass meine Wehen nicht stark genug waren. Die Herztöne des Babys waren alarmierend schwach und die Ärzte machten spontan einen Kaiserschnitt.

Nach diesen dramatischen Aktionen war ich dann wieder auf meinem Zimmer und die Narkose ließ nach. Niemand war da. Nur dieser kleine Wurm lag wie ein Äffchen auf meinem Bauch. Das war so der Moment von WOW! Eine angenehme Wärme, Liebe und Verbundenheit mit diesem neuen Wesen durchfluteten mich. Das war sehr kraftvoll. Ich dachte, ich könnte jetzt Bäume ausreißen. Liebevoll legte ich meine Hand auf sein Köpfchen.

Lilli

Die Liebeserklärung

Wochenende. Ich bin in einem Training in Köln, Paula in einem Seminar in Frankfurt. Bis vor kurzem hatten wir eine Beziehung, sind jedoch nicht mehr zusammen.
Während der drei Tage, die das Seminar dauert, schickt sie mir ständig SMS wie toll es da sei. „Schön, dass es ihr gefällt", denke ich. Sie hatte zunächst Bedenken gegen die Veranstaltung gehabt.

Plötzlich schreibt sie: „Es wäre klasse, wenn du zum Abschlussabend des Kurses kommen würdest. Beginn 21 Uhr." Eigentlich möchte ich ihr den Wunsch erfüllen. Deshalb verlasse ich um 19 Uhr vorzeitig mein Training und heize von Köln über die Autobahn nach Frankfurt.

Etwas zu spät schleiche ich in den Saal. Ungefähr 150 Leute sind im Raum und Paula steht auf der Bühne. Sie sieht, wie ich einen freien Platz suche. Paula erzählt, was sie im Seminar erlebt hat und sagt gerade: „An diesem Wochenende wurde mir bewusst, dass ich in der Vergangenheit einige Menschen verletzt habe. Einen ganz besonders. Er kommt gerade zur Tür rein. Viktor, ich habe dich völlig falsch gesehen und möchte mich bei dir entschuldigen. Du bist ein toller Mann. Ich liebe dich."
Der ganze Saal dreht sich zu mir um und applaudiert. Ich bin beeindruckt. Gerade noch war es mir klar, dass das mit Paula und mir nicht funktioniert. Und jetzt das! Nun bin ich wieder hin und her gerissen.

Anschließend fahren wir zusammen nach Hause. Es geht ein paar Wochen gut. Bald findet sie mich wieder zu dominant und ich sie unentschlossen. Ich beende die Beziehung.

Viktor

Romanze

Ich wollte schon immer mal einen Mann im Flugzeug kennen lernen. Auf dem Rückflug von Berlin nach Italien steige ich als einer der letzten Passagiere in den Flieger. Der Flugbegleiter hilft mir mein Gepäck zu verstauen. Wir müssen ein paar Reihen nach hinten gehen, weil die Ablagen schon voll sind.

Auf einmal höre ich eine bekannte Stimme. Ich schaue, wo die her kommt und sage: „Mensch Gernot, was machst du denn hier?" Obwohl das Flugzeug fast besetzt ist, gibt es neben ihm noch einen freien Platz. Da setze ich mich hin.
Ich habe Gernot vor fünf Jahren in Italien kennen gelernt. Damals hatten wir eine wunderbare Romanze. Während des Flugs unterhalten wir uns angeregt über die letzten fünf Jahre. Nach der Landung fahren wir gemeinsam mit dem Zug weiter. Er wohnt ganz in der Nähe meiner Unterkunft.

Es ist schon Abend und es ist kalt. Meine Wirtin meint zu Gernot: „Du kannst jetzt doch nicht in dein Haus. Das stand den ganzen Winter über leer und ist jetzt kalt und unwirtlich. Übernachte hier."
Später ist es so kalt, dass ich zu ihm sage: „Lass uns in einem Bett schlafen. Dann ist es ein bisschen wärmer." Und so fängt die Lovestory wieder an. Es war richtig locker.

Zunächst denkt er, es sei ein Ausrutscher, aber wir treffen uns regelmäßig und haben Spaß. Es ist nicht das große Verliebtsein, aber wir fühlen uns wohl zusammen. Es ist locker und unkompliziert.

Gerlinde

Frank und Susanne

Da ich viel arbeite finde ich nicht leicht eine passende Partnerin. Ich bin auf der Suche nach der Frau mit wahren Gefühlen. Ich möchte keine Frau, für die Statussymbole besonders wichtig sind, dass wir in diesen oder jenen Club gehen, dass wir dort zum Essen gehen, wo die ganze Welt hinrennt. Ich möchte eine Frau, die das Leben zu schätzen weiß.

Im Rahmen einer beruflichen Recherche meldete ich mich bei einer Internet-Partnervermittlung an und machte den Persönlichkeitstest. Ich fand das so interessant, dass ich das Programm im Hintergrund auf meinem Computer laufen ließ und immer mal wieder reingeguckt habe. Ich erkannte das Muster aus meinen früheren Beziehungen: Die meisten Kandidatinnen hatten Angst vor echter Bindung. Die Frauen leben in einer Traumwelt in der sie auf den Prinzen warten. Kommt dann in der Realität ein Mann vorbei, passt das natürlich nicht.

Kurz vor dem Ende meiner Mitgliedschaft schrieb mich Susanne aus Niedersachsen an. Ihre Nachricht war so nett, dass ich ihr antwortete. Nachdem wir zwei Mal hin und her gemailt hatten, schrieb ich ihr: „Ich habe keine Lust auf eine Mailromanze. Lass uns doch mal telefonieren." Das ging alles sehr spontan, obwohl ich in einer stressigen Phase war. Ohne Versteckspiel verabredeten wir uns gleich für ein Telefonat am nächsten Tag.

Bereits da wollten wir uns wirklich kennen lernen. Eine Woche später kam sie dann zu mir nach München. Bis es soweit war, haben wir täglich telefoniert und geskypt.

Als ich sie am Flughafen abholte, waren wir uns schon richtig vertraut. Wir sagten „Hallo" und küssten uns ohne ein weiteres Wort. Wir fuhren nach Hause, nahmen eine Erfrischung, gingen spazieren. Wir genossen den Tag und das Wochenende.

Jedes Mal, wenn wir uns trafen, war es schöner. Ein Jahr später hatten wir ein Kind.
Es ist einfach schön. Unsere Familien sagen, wir tun uns beide sehr gut. Das spüren wir, und das ist großartig. Sie ist eine Frau, die das Leben nicht ständig in Frage stellt.

Ich bin zufrieden, ausgefüllt und verliebt. Und das seit dem ersten Telefonat mit Susanne. Ich muss mich nicht beweisen. Sie fragt: „Wie war dein Tag?" und ich fühle ihr Interesse an mir als Mensch. Der Egoismus hat sich irgendwie aufgelöst. Jeder tut seine Dinge und wenn wir uns am Abend treffen fragen wir uns gegenseitig, was der Andere getan hat. Das ist für mich das Wichtige. Das, was ich sage, nimmt sie an und umgekehrt ist das auch so. Jemanden auf gleicher Höhe zu treffen, ohne dass die Höhe bewertet wird. Wir schätzen uns einfach sehr und sind offen für gegenseitiges Lernen. Und dabei finde ich sie unheimlich sexy.

Frank

Susanne und Frank

Zwei Jahre nach meiner Scheidung habe ich mich bei einer Online-Partnervermittlung angemeldet. Nachdem ich merkte, dass da ziemlich komische Typen drin sind, habe ich die Sache nicht weiter verfolgt. Eines Tages checkte ich meine E-Mails und sehe die Information, dass Nr. 138709 aus Bayern mein Profil des Öfteren angeklickt hat. Also schaute ich mir seins an. Seine Größe gab er mit 1,76 m an und ich bin 1,82 m groß. Ich dachte nur: „Ach ne, so einen Zwerg willst du nicht". Ich sah kein Foto, sondern nur Text, den ich jedoch sehr interessant fand. So habe ich ihm geschrieben.

Es war ein großer Zufall, dass wir uns noch erreicht haben. Sein Account sollte am nächsten Tag auslaufen, und wir hatten keine E-Mail-Adressen voneinander.
Ich sprach ihn auf meine Körpergröße an. „Mein Vater ist auch einen Kopf kleiner als meine Mutter. Traditionen sollte man fortführen. Ich habe die Größe, um da mitzuhalten", antwortete er lachend. Seine Euphorie lockerte mich auf.
Wir schrieben den ganzen Tag hin und her und verabredeten uns zum Telefonieren am Abend. Da ist fast eine Stunde draus geworden. Es war sehr lustig und ich fand ihn so interessant.
Am nächsten Morgen bin ich wie immer früh aufgestanden um zu arbeiten. Ich war sehr gut gelaunt, mein Körper völlig schwerelos, Franks Stimme von gestern Abend im Ohr. Ich war aufgeregt, wie es weiter geht. Er war so euphorisch, dass er mich am liebsten schon in

den nächsten Tagen gesehen hätte. Ich ihn auch, aber ich war auch skeptisch, ob das alles so richtig ist.

Jeden Morgen, wenn ich meine Wohnung verließ, schnappte ich mir kurz die Tageszeitung aus dem Briefkasten meines Nachbarn, um einen Blick in mein Horoskop zu werfen. Leider stand meistens nichts Verwertbares drin. An diesem Morgen, ich weiß es noch wie heute: "Hören Sie endlich auf, alles doppelt und dreifach zu prüfen. Sie können sich mit ruhigem Gewissen auf das Neue einlassen. Auf Sie wartet etwas ganz Großes."
Danach buchte ich meinen ersten Flug nach München. Zwei Wochen später war ich dort.
In der Zwischenzeit trafen wir uns häufig per Skype. Wir nahmen unsere Laptops morgens mit ins Bad und duschten zusammen. Ich sah ihm beim Rasieren zu und er mir beim Zähneputzen. Unsere Computer liefen bis in die Nacht. Sie standen im Bett und wir lasen nebenher, lernten, oder was man sich auch immer vorstellen kann. Ich beobachtete ihn beim Kochen, beriet ihn beim Kofferpacken für Geschäftsreisen. Das war sehr lustig.

***

Ich war überhaupt nicht aufgeregt, als ich im Flieger saß. Nach der Landung holte ich mein Gepäck. Da wurde ich doch nervös. Er hatte angekündigt, etwas später zu kommen, wartete aber schon. Im ersten Moment dachte ich: „Oh, ich hab ihn mir etwas grösser vorgestellt."

Er nahm mir sofort galant die Tasche aus der Hand. Ich sah ihn an. Verrückt. Ich traf den Menschen, neben dem ich die letzten Wochen eingeschlafen bin. Er war mir so vertraut. Ich hatte ihn durch unsere Skype- und Telefonsessions ja schon eine ganze Weile um mich. Es war wie nach Hause zu kommen, alles so, wie ich es mir ausgemalt hatte. Wie selbstverständlich küssten wir uns sofort. Es war von Anfang an intensiv und doch normal.

Es war noch früh und wir fuhren zu ihm nach Hause. Er hatte den Frühstückstisch schön gedeckt und mir ein bayrisches Wörterbuch als Geschenk auf meinen Platz gelegt. Bevor ich wieder weg fuhr schrieb er hinein:

„Das Wochenende war wunderschön Liebes, und ich wünsche uns noch viele solche Zeiten. Wenn mich jemand nach der Anzahl fragen würde, so wäre meine Antwort wohl: „unendlich". Dein Frank"

Unser Verhältnis wurde immer enger und dann bin ich zu ihm gezogen. Mittlerweile haben wir eine Tochter und wir heiraten in ein paar Wochen.

Susanne

Phantasien

Mit wachen inneren Augen
Seh' ich dich nackt zwischen Rosen
Statt an Erinnerungen zu saugen
Würd' ich dich jetzt liebkosen
Deinen Körper mit Küssen bedecken
Dich streicheln von den Zehen bis zur Nase
Dir Brust und Verborgenstes lecken
Lustwandeln mit dir zur Ekstase
Meinen Körper an deinem reiben
Deine wohltuende Weichheit schlürfen
Es mit dir richtig treiben
Dazu hätt' ich Lust – doch tät' ich's auch dürfen?

Dein Julian

Opas Manschettenknopf

Eines Abends hole ich Erwin spät vom Laden ab. Prickelnde Spannung liegt in der Luft. Wir schlendern Hand in Hand nach Hause und erzählen uns von den Ereignissen des Tages.

Kurz vor dem Schlafengehen lässt er die Katze aus dem Sack. Er überreicht mir ein Päckchen mit einer großen Schleife. Voll freudiger Erwartung entferne ich das hübsche Papier und halte die Schachtel in der Hand. Ich öffne den Deckel: „Oh, ein silberner Ring."
„Willst du mich heiraten?", fragt er.
Mein Herz hüpft vor Freude. „Ja, und ob ich will!" Diesen Augenblick vergesse ich nie.

Der Ring hat eine Geschichte. Erwin erbte die Hochzeitsmanschettenknöpfe seines Opas. Einen hatte er sich schon vor einigen Jahren zu einem Ring umarbeiten lassen. „Das Gegenstück lasse ich für die Frau anfertigen, die ich heiraten will." Und jetzt hat er den zweiten extra für mich machen lassen. Ich trage ihn mit Stolz.

Heidi

Das Model

„Ulla, kannst du mir in der Boutique an der Kasse aushelfen?" fragt mich Maria. Meine Freundin besitzt einen der bekanntesten Läden in Düsseldorf.
„Klar, das mache ich gerne", erwidere ich.

Ein junger Mann geht am Schaufenster vorbei. Unsere Blicke treffen sich. – Oh, was prickelt denn da in meinem Bauch?
Ich kenne ihn vom Sehen, er verkauft meiner Freundin Kleider. Er schlendert weiter zu einem Stehcafé am anderen Ende der Straße. So geht das ein paar Tage lang. Er traut sich nicht, mich anzusprechen. Michael, der Mann der Ladenbesitzerin, hat das irgendwie mitbekommen, geht raus und meint zu dem jungen Mann: „Richard, jetzt komm doch mal rein und stell dich vor!"

Er gefällt mir. Bestimmt ist er Engländer: rothaarig mit Sommersprossen und heller Haut. Mit dreizehn war ich in der Boarding-School in England. Der Vater der Familie in der ich wohnte, brachte seiner Frau immer den Tee ans Bett. Das war für mich als junges Mädchen das Größte. Ich beschloss: Ich heirate mal einen Engländer. Ich wollte einen Mann, der mir jeden Morgen den Tee mit einem Cookie ans Bett bringt.

Wir unterhalten uns eine Weile und er gibt mir zum Abschied seine Visitenkarte: „Wenn du jemals in Delhi bist, komm mich besuchen." Ich denke nur „So ein blöder Kerl. Was soll ich denn in Indien?"

Michael weiß, in welchem Hotel er wohnt und arrangiert ein weiteres Treffen für Richard und mich. Nach dem Abendessen habe ich ihn ganz frech mit nach Hause genommen. Zwei Tage später reist Richard nach Mailand, wo er eine Wohnung hat.

***

„Fährst du mit mir nach Sardinien? Ich habe dort geschäftlich zu tun." Verliebt sage ich zu. Wir verbringen einige wunderschöne Wochen in seinem Campingbus. Dann muss ich nach New York, da ich einen Vertrag mit einer Modelagentur habe.

Anfang der 1970er Jahre ist es schwierig, zu telefonieren und die Post langsam. Ich verliere den Kontakt zu Richard. Dabei bin ich so verliebt, ich will ihn unbedingt wieder sehen. Deshalb bitte ich meine Mutter, in Mailand nachzuforschen, wo er sich aufhält. Sie erfährt, dass er in Istanbul ist. Mama findet auch den Namen seines Hotels heraus.

Obwohl es mich sehr viel Geld kostet, breche ich meinen New Yorker Vertrag und fliege praktisch mittellos zurück nach Deutschland. Von dort aus mache ich mich per Anhalter auf den Weg nach Istanbul.

Mit Herzklopfen komme ich in dem Hotel an. Ich habe Richard über drei Monate nicht gesehen und er weiß nicht, dass ich ihm nachgereist bin.

„Ja, Mr. Forester hat ungefähr zwei Monate hier gewohnt. Er ist heute Morgen abgereist."
„Wissen Sie wohin?"
„Seine Nachsendeadresse ist Teheran."
In einem sogenannten „Pudding-Shop" organisiere ich mir ein Mitfahr-Ticket. Auf einfachen Pritschenwagen geht es nach Teheran. Ich übernachte mit zehn bis zwanzig Leuten in einem Raum. Jeder neue Tag ist ein Abenteuer. Ein großer Kontrast zu dem Luxus in New York. Dort hatte ich einen eigenen Chauffeur und stieg in Fünf-Sterne-Hotels ab. Ich hätte dort jeden reichen Mann haben können. Aber ich wollte Richard.

In Teheran gehe ich zu dem Hotel, in dem Richard abgestiegen sein soll. An der Rezeption erfahre ich, Richard ist einen Tag zuvor abgereist. Schon wieder bin ich zu spät!
Nun ist er nach Kabul in Afghanistan aufgebrochen.
Also suche ich mir erneut eine Mitfahrgelegenheit. Jetzt wird es wirklich wild. Keine richtigen Straßen mehr, sobald man aus Teheran hinaus fährt, nur weites Land. Zunächst komme ich bis zur Grenze. Das ist wie bei Tausendundeiner Nacht. Die Männer laufen mit Turban und Bärten herum. Die Luft ist voll von Haschischgeruch, da gerade Erntezeit ist.
In Kabul stellt sich heraus, dass Richard in dem dortigen Hotel nie angekommen ist. Jetzt bin ich in Kabul, habe keine Ahnung wo er ist und nur noch ganz wenig Geld.
In diesem Winter sind hier ungefähr fünfundzwanzig Ausländer. Ich frage herum wo es

eine billige Unterkunft gibt. Dort bin ich das einzige Mädchen. Dann laufe ich durch Kabul und suche Richard. Irgendwo muss er ja sein.

Plötzlich, am zweiten Tag entdecke ich seinen VW-Bus, mit dem wir in Sardinien unterwegs waren. Ich postiere mich so lange an seinem Wagen, bis Richard auftaucht. Er sagt nur ganz cool: „Oh, hallo Ulla! Was machst du hier in Kabul?"
Ich erwähne mit keinem Wort, dass ich ihn gesucht habe. „Du hast so viel vom Osten gesprochen und da dachte ich, ich besuche mal Kabul."
„Ich habe gerade keine Zeit. Ich muss zu einer Verabredung. In welchem Hotel wohnst du?"
Mehr hat er nicht zu sagen? Eine Welt bricht in mir zusammen. Unser Wiedersehen habe ich mir ganz anders vorgestellt. Schließlich habe ich diese ganzen Strapazen auf mich genommen, um meine große Liebe zu finden! In meiner Absteige heule ich mich erst mal aus.

Eine Woche später steht Richard bei mir im Hotel und sagt: „Lass dein Gepäck hier. Pack nur ein paar Sachen für zwei Tage ein. Du kommst mit mir. Wir fahren nach Mazar-e Sharif."
„Warum sollte ich mit dir kommen?", frage ich erstaunt.
„Ich möchte nicht, dass du alleine hier in Kabul bist. Ich möchte ein Auge auf dich haben."
„Du warst die ganze Zeit nicht da. Warum jetzt?", entgegne ich.
„Ich habe auf dich aufgepasst, Kabul ist klein."

Also fahre ich mit ihm, seinem italienischen Chef Giorgio und einer Frau in Richards Bus los. In Mazar-e Sharif teile ich mir ein Zimmer mit Richard und die andere Frau eines mit Giorgio.
Wir sind wie Freunde. Kein Flirten, keine Berührungen. Ich denke, die andere Frau ist die Freundin von Giorgio. Am nächsten Tag beim Frühstücken, die Männer sind unterwegs, sagt sie zu mir: „Dass du dir ja nichts einbildest. Das ist mein Freund, der Richard." Ich gucke sie an und denke: „Spinnt die? Warum ist sie dann mit Giorgio in einem Zimmer und ich mit Richard?", obwohl da überhaupt nichts läuft zwischen Richard und mir.
Wir sprechen nicht weiter darüber, auch mit Richard nicht. Aber ich leide.

Zurück in Kabul, setzen sie mich in meinem Hotel ab und gehen in ihres.
Wie immer mache ich das Beste aus der Situation und erfreue mich an den neuen Eindrücken. Ein deutsches Mädchen lässt mich bei sich wohnen. Im Gegenzug kaufe ich für sie ein und mache ihren Haushalt.

Ein paar Leute laden mich ein, mit ihnen nach Kashmir zu fahren. Sie erzählen mir, dass Richard mich liebt und die andere Frau weg geschickt hat.
Die Leute geben eine Party bevor es auf die Reise gehen soll. Richard ist auch dort. Auf einmal setzt er sich neben mich und sagt: „Kannst du mir vergeben? Ich möchte nicht, dass du morgen mit den anderen nach Kashmir fährst. Kannst du dir vorstellen hier zu bleiben und mit mir zusammen zu sein?"

Endlich hat er es gesagt! Ich bin ich glücklich. Wir fallen uns in die Arme und küssen uns.

„Als du damals nach New York gegangen bist, dachte ich, ich sehe dich nie wieder. Du warst im Begriff, ein ganz anderes Leben zu beginnen", erklärt er mir. Ich erfahre, dass er Amerikaner ist. Ich bin erstaunt „Wie kann ich einen Amerikaner heiraten? Ich wollte doch immer einen Engländer, der mir den Tee ans Bett bringt!" und erzähle meinen Mädchentraum. Darauf sagt er:
„Ich werde mir eine englische Flagge um die Hüfte binden und dir jeden Morgen Tee servieren."

Ulla

Der Eisbecher

„Hast du Lust, mit mir ins Kino zu gehen?", fragt Uwe.
„Hurra, wieder mal allein ausgehen!"
Unsere Tochter ist gerade ein paar Wochen alt und bei Uwes Schwester bestens aufgehoben. Wir genießen unseren ersten Kinoabend zu zweit seit langem bei einer Riesenpackung Popcorn.

Danach lädt mich Uwe zu einem romantischen Dinner in ein schönes Restaurant ein. Ein großer Eisbecher mit zwei Löffeln steht vor uns in der Mitte des Tisches. Die Sahne türmt sich wie ein Eisberg im Kerzenlicht. Uwe hält meine Hand, schaut mir tief in die Augen und sagt „Du bist wunderschön." Ich schmelze dahin wie das Eis im Becher. An diesem Abend verlieben wir uns erneut ineinander.

Edith

Mein Augenlicht

„Wenn Sie nichts unternehmen, werden die Augen Ihrer Tochter immer schlechter und es besteht die Gefahr, dass sie erblindet!", sagt der Arzt eindringlich zu meiner Mutter, als ich wieder stärkere Brillengläser brauche.

Diese japanischen Comics faszinieren mich total. Als rebellischer Teenager lese ich im Bett bei schlechter Beleuchtung. Ich bin besessen von diesen Geschichten und kann es kaum erwarten, dass die nächste Folge erscheint. Alle Appelle meiner Eltern, nicht mehr im Dunkeln zu lesen, nützen nichts. Sie sitzen im Wohnzimmer.
„Du musst aufhören, diese Comics zu lesen! Hör auf, deine Augen zu missbrauchen", ruft mein Vater. Aber ich kümmere mich nicht darum, bin trotzig: „Nein, du kannst mich nicht dazu zwingen! Mir ist es egal, ob das für meine Augen schlecht ist. Ich lese weiter!"
Mein Vater steht auf. „Komm mit", er zerrt mich in mein Schlafzimmer. Da sind wir alleine. „Was hast du vor?" Will er mich schlagen, oder was wird er tun, damit ich nachgebe?
Plötzlich fällt er vor mir auf die Knie. „Kind, ich bitte dich inständig: Hör auf, diese Comics im Dunkeln zu lesen und lasse deine Augen behandeln!" Ich bin erschrocken über seine Tränen. Ich habe diesen stolzen Geschäftsmann noch nie weinen sehen. Noch nicht einmal bei der Beerdigung seiner Mutter. Wie sehr muss er mich lieben!

Ich habe aufgehört im Dunkeln zu lesen und mich behandeln lassen. Heute kann ich gut sehen. Mein Vater hat meine Augen gerettet.

Lin

Franz

"Es sind diese kleinen Momente ohne Dich, in denen ich merke, wie sehr ich Dich liebe. Es sind diese kleinen Momente mit Dir, in denen ich merke, wie sehr meine Liebe zu Dir wächst. Du fehlst mir, und doch kannst Du mir nicht fehlen. Denn Du bist in meinem Herzen."

Franz

Der sechzehnte Geburtstag

Mein Freund Helmut holt mich mit seinem Mofa ab. „Komm, setz dich hinten drauf. Meine Mutter hat dich zum Mittagessen eingeladen, weil du heute Geburtstag hast."
Das ist für mich etwas ganz Besonderes, denn bei uns zuhause werden Geburtstage nicht gefeiert.

Die Sonne scheint und die Blumen duften aus den Gärten, an denen wir vorbei fahren. Auf dem Gepäckträger sitzend schmiege ich mich eng an Helmut. Ich freue mich auf die Einladung.

„Was wünschst du dir? Ich gebe dir, was du möchtest", fragt er. Mir schießen vor Rührung die Tränen in die Augen. Ich bin überwältigt. „Du bist der erste Mensch, der mir diese Frage stellt!" Mit meinem Jackenärmel wische ich mir das Gesicht trocken.

Amanda

Pat Silverstone

„Was für eine Veränderung! Ist das Pat Silverstone?" Gestern sah unsere dreizehnjährige Mitschülerin doch noch aus wie wir. Sie hat sich über Nacht in eine Frau verwandelt: Sie trägt einen Bob-Haarschnitt, flache Ballerina-Schuhe, einen kurzen Rock mit schwarzen Strümpfen. Sehr sexy! Ich verliebe mich sofort in sie. „Dieses Mädchen werde ich eines Tages heiraten", sage ich mir.

Mit siebzehn verlassen wir die Schule und unsere Wege trennen sich. Sie hat einen Job, trifft auch gleich ihren Ehemann und bekommt Kinder.

An meinem ersten Tag in der Bank werde ich durch das Gebäude geführt. Im Computerraum sitzt ein junges Mädchen, das mich auf den ersten Blick fasziniert. Wir kommen ins Gespräch und gehen am nächsten Tag miteinander aus. Ihr Name ist Pat Silverstone. Sie heißt genauso wie meine erste Liebe! Wir heiraten, bekommen drei Kinder und bleiben 21 Jahre zusammen.
Unsere Ehe ist nicht besonders gut. Bei der Scheidung gesteht mir Pat, dass sie mich nur geheiratet hat, um aus ihrer Familie herauszukommen. Die Original-Pat treffe ich einmal im Jahr zu einer Tasse Kaffee. Wir schwelgen dann in alten Erinnerungen.

Wenn ich zurück blicke, bedaure ich, dass ich mich damals nicht getraut habe, der ersten Pat meine Liebe zu gestehen. Ich habe die Liebe meines Lebens verpasst.

William

Mittwoch 19 Uhr

Es ist Dezember. Meine Mutter hat Leukämie und hat noch drei Monate zu leben.
Nach der Diagnose stellt sie sofort klar, dass sie keine Behandlung will. Für sie ist der Befund das Zeichen, dass ihr Leben zu Ende ist. Meine Geschwister und ich wollen sie auf ihrem letzten Weg begleiten. Sie kann daheim bleiben und muss nicht ins Krankenhaus.

Wir reden viel miteinander, regeln gemeinsam mit ihr die Dinge. Auch ihren Tod. In Holland ist passive Sterbehilfe erlaubt und die möchte sie in Anspruch nehmen, wenn es soweit ist.
Ich lebe in Süddeutschland und fahre alle paar Tage zu meiner Familie nach Holland. Gerade in Bayern angekommen, ruft mich mein Bruder an „Es geht ihr schlecht, wir haben den Arzt informiert". Also fahre ich wieder zurück.

Der Arzt bespricht mit uns und vor allem unserer Mutter genau, wie freiwilliges Ausscheiden aus dem Leben vor sich geht. Wir vereinbaren einen Termin. Mittwoch 19 Uhr wird der Doktor kommen. Es fühlt sich eigenartig an, dass wir einen konkreten Zeitpunkt zum Sterben unserer Mutter haben.

Montag gehen wir shoppen, um uns die Kleider für ihre Beerdigung zu kaufen. Mein Bruder zeigt Mama stolz die Schuhe, die er erstanden hat. Sie untersucht sie fachmännisch und meint: „Die sind von guter Qualität. Die kannst du anziehen."

„Kannst du mir die Hosen umnähen Mama? Die sind zu lang."
„Da musst du wohl eine deiner Schwestern fragen." Wir lachen alle herzlich und präsentieren Mama unsere kleine Modenschau.

Am Mittwoch kommt der Arzt. Er ist pünktlich. „Es kann bis zu 24 Stunden dauern, bis sie tot ist." Er legt ihr die Tablette hin, die eine Überdosis Schlafmittel enthält. Sie schluckt sie herunter. Wir Geschwister sitzen eng umschlungen auf ihrem Bett. Ich halte ihre Hand. Gleich nach der Einnahme verändern sich ihre Gesichtszüge. Wie entspannt sie aussieht! Nach fünfzehn Minuten fühle ich keinen Puls mehr. In diesem Moment war ich so eins mit meinen Geschwistern und Mama, ich werde das nie vergessen. Es war friedvoll und magisch.

Eleonore

Die Schnitzeljagd

Er wusste, dass ich mir sein Profil bei der Internet-Partnervermittlung angesehen hatte und schickte mir eine nette E-Mail. Darin wunderte er sich, dass ich ihn nicht kontaktiert hatte. Aus Höflichkeit erläuterte ich ihm, weshalb er nicht für mich in Frage kam. Innerhalb der nächsten vier Tage schrieben wir ein paar Mal hin und her. Das war lustig.

„Wir müssen auf jeden Fall mal miteinander telefonieren." Er schickte mir seine Telefonnummer in Form eines mathematischen Rätsels. Das wollte ich am selben Abend noch lösen und sofort zurückrufen. Obwohl es nicht einfach war, das Rätsel zu lösen, weil er einen Fehler darin hatte, bekam ich es hin. Ab da telefonierten wir regelmäßig. Das erste Gespräch dauerte gleich siebeneinhalb Stunden. Das zweite Gespräch am nächsten Tag begann abends um acht Uhr und ging dann über elf Stunden. So lief das fast drei Wochen lang täglich weiter. Wir hatten eine unglaubliche Spannung am Telefon.

„Ich bin für ein Treffen, aber nicht irgendein profanes, wie man das normalerweise so macht. Ich lasse mir etwas Besonderes einfallen", erklärte er eines Tages.
Er wusste, dass ich auf Überraschungen stehe, meine Lieblingsfarbe grün ist und meine Lieblingszahl neun. Zunächst legte er den Termin fest: 12. und 13. November. Eine Übernachtung hatte er gleich mit einkalkuliert.

„Lass dich überraschen. Wir machen eine Art Schnitzeljagd und du weißt nicht, wo du endest."

Meine Freundinnen hatten Angst um mich. Sie dachten: „Die fährt da jetzt irgendwo in die Pampa und dann passiert ihr etwas." Aber mein Gefühl sagte mir: „Da lässt du dich jetzt drauf ein." Ich bebte vor Neugier.

Am Freitag, dem 11. November bekam ich einen großen Umschlag mit acht kleinen Umschlägen drin. Auf jedem stand etwas anderes drauf. Es waren verschiedene Farben und Symbole. Ich konnte sie nicht entziffern. Ich hatte keine Ahnung, was jeweils drin war, denn ich durfte sie nicht öffnen.
Er rief mich an und sagte: „Pass auf: Morgen um 11:30 Uhr rufe ich dich an. Wir telefonieren 9 Minuten miteinander, und um Punkt 11:39 Uhr öffnest du den Umschlag, auf dem 11:39 steht. Darin steht, was du zu tun hast. Wenn du das erledigt hast, rufst du mich an und ich sage dir, welchen Umschlag du als nächsten öffnest. Und ziehe bitte Outdoor-Kleidung an."

Ich fühlte mich zu dick und außerdem hatte ich einen Hexenschuss. Ich wollte zu unserem Date etwas anziehen, das das Beste aus mir herausholt. Stattdessen hatte ich nun meine figurbetonte Jeans mit einem ebensolchen T-Shirt und einer Herren-Skijacke an, dazu feste Schuhe. Also nicht gerade das, was eine Frau zu ihrem ersten Date normalerweise anzieht.

***

Samstag 11:39 Uhr

Ich öffnete den Umschlag. Darin war eine Postkarte mit einem grünen Ampelmännchen auf der stand, was ich zu tun hatte. Dazu gab es eine Wegbeschreibung. Ich sollte zu einer bestimmten Straße fahren, das Straßenschild fotografieren, ihm eine MMS schicken mit dem Foto und ihn anrufen.

Ich folgte seinen Instruktionen und so ging das mit den nächsten Umschlägen weiter. Bei Aufgabe vier sollte ich ihn vor einem bestimmten Haus anrufen.
„Du stehst jetzt vor meinem Elternhaus. Ich möchte dich bitten, dass du dein Auto stehen lässt. Du fährst ab jetzt mit dem Fahrrad weiter."
Ich dachte nur: Was will der denn jetzt? Ist der bescheuert? Mit Hexenschuss Fahrrad fahren? „Ich würde das gerne tun, aber ich habe kein Fahrrad dabei", antwortete ich freudestrahlend.
„Das macht nichts. Das wusste ich. Du klingelst jetzt bitte bei meinen Eltern. Die wissen Bescheid und du bekommst ein Fahrrad von ihnen und dann geht es weiter."
Ich dachte nur: „Ich bringe dich um!" Aber ich tat, wie geheißen. Seine Mutter öffnete die Tür: „Ah, Sie wollen das Fahrrad holen?" Sie übergab mir ein perfekt auf meine Körpergröße eingestelltes Rad.
Ich zog mit dem Fahrrad los und erfüllte meine nächsten Aufträge: Ich fuhr an seiner Firma vorbei. An einem Ententeich sollte ich die Bank finden, auf der er die Idee zu der Schnitzeljagd hatte. Ich war an seinem Gymnasium und an einer

Arbeitsstätte, wo er früher gearbeitet hatte. Es ging zu einer alten Mühle, wo er damals geheiratet hatte. Er führte mich über mehrere Stationen in sein Leben. Und dann landete ich an einem Aussichtsturm.

Ich hatte nur acht Umschläge. Es sollten neun sein. „An der letzten Stelle rufe ich dich an", hatte er angekündigt.
„Ich hab' gesehen, du bist da", meinte er am Telefon.
„Wie? Du hast gesehen, ich bin da?"
„Ja, ich hab' dich Fahrrad fahren sehen, mit dem Handy am Ohr, in der anderen Hand die Wegbeschreibung."
Ich hätte ihn schon wieder umbringen können. Das war unfair.
„Na gut. Du hast mich schon gesehen und du willst mich immer noch treffen. Das kann ja nur ein gutes Zeichen sein."
„Dir fehlt ja noch der neunte Umschlag, in dem drin steht, wo du mich findest. Du gehst zu dem Aussichtsturm. Er hat 125 Stufen zur Plattform. Ich möchte, dass du dich um Punkt 14:59 Uhr auf den Weg machst diese Stufen hinauf zu gehen. Oben findest du den neunten Umschlag."
Ich machte mich auf den Weg und dachte mir: „Der steht bestimmt da oben." Ich erinnerte mich an einen amerikanischen Spielfilm, in dem sich ein Paar auf dem Dach eines Hochhauses getroffen hatte. Ich fand das romantisch und gleichzeitig hatte ich Schiss. Mir wurde schlagartig bewusst, was ich da gerade machte.

Oben angekommen, stand er tatsächlich vor mir mit dem letzten Umschlag in der Hand und übergab ihn mir strahlend.
„Hier die letzte Ampelmännchenkarte."
Es war ein grüner Stift dabei und auf der Karte stand „Damit du von nun an unsere gemeinsame Geschichte weiter schreiben kannst."

Wir machten einen Spaziergang. Abends hat er für mich gekocht. Ich blieb bei ihm und montags stellte er mich Händchen haltend in seiner Firma und bei seinen Eltern als seine neue Partnerin vor. An Ostern zog ich bei ihm ein.

Die Ampelmännchen hängen gerahmt in unserem Flur.

Mathilda

Vorahnung

„Hallo, gehst du mit mir am Strand spazieren?" Der Labrador-Retriever kommt mir entgegen. Leider nur in einer visuellen Meditationsreise.

Am nächsten Tag sehe ich beim Bäcker einen Aushang „Labrador-Retriever abzugeben". Da muss ich sofort hin. Diese Rasse ist so schwer zu bekommen. Ich weiß genau, was ich will: Eine blonde Hündin, die keine rosa Nase haben darf.
Es gibt aber keine blonde Hündin mehr, nur noch zwei cremefarbene Rüden. Der eine von den beiden hat eine rosa gefleckte Nase. Also nicht das, was ich wollte. So fahre ich wieder nach Hause. Doch dieser Rüde mit dem sonnigen Gemüt geht mir nicht mehr aus dem Kopf. Er ist sofort in meinem Herzen, obwohl er keinem meiner Kriterien entspricht. Ich kehre um und hole ihn doch.

Unsere Beziehung ist außergewöhnlich eng. Wir lieben es, draußen im Garten zu balgen. Babu ist auch sonst mein ständiger Begleiter.

Nach ungefähr eineinhalb Jahren sitze ich in meiner Küche. Ich betrachte meinen Hund, der eingerollt mit dem Kopf auf meinen Füssen schläft. Da schießt mir ein entsetzlicher Gedanke durch den Kopf: Wie soll ich das verkraften, wenn du mal stirbst?

Kurze Zeit später fahre ich mit meiner Tochter einkaufen. Babu bleibt im Auto. Als wir nach fünfzehn Minuten zurückkommen, ist der Hund nicht mehr ansprechbar. Er liegt da und hechelt. Wir fahren sofort zum Tierarzt. Babu hat etwas im Hals und erstickt daran.

Ich fühle mich schrecklich. Ob ich wohl mit meinen gruseligen Gedanken seinen Tod angezogen habe?

Irma

Rundflug

John war überhaupt nicht mein Typ. Nicht nur, dass er einen Bierbauch hatte, das Schlimmste war, dass er nach dem Essen immer nach Zwiebeln roch. Aber er war ein netter Kerl. Meine Kollegin und ich gingen regelmäßig mit ihm Mittagessen und zum Fitnesstraining.
Ich schätzte seine Integrität und Freundlichkeit. Einmal hatte er sich sogar vor mich gestellt, als ich einen Konflikt mit meinem Chef hatte. Dass er mich in dieser Situation verteidigte, hat mich sehr beeindruckt.

Eines Tages machten wir mit unserem Team einem Rundflug über die Stadt. Es war windig und wir wurden in dem kleinen Flugzeug durchgeschüttelt. Mir wurde schlecht und John kümmerte sich aufmerksam um mich.
Als wir wieder festen Boden unter den Füßen hatten, schaute er mich fürsorglich an. „Was möchtest du jetzt tun? Magst du etwas essen, oder möchtest du dich lieber ausruhen?"
Ich entschied mich für ein thailändisches Restaurant. Später erzählte er mir, dass das für ihn eine ganz schöne Herausforderung war. John hatte bis dahin noch nie etwas anderes als Hausmannskost gegessen. Und nun saß er vor einer Suppe mit Meeresfrüchten, Zitronengras und Kokosnussmilch. Eine der Muscheln war wohl zu lange gekocht. Nachdem er das Gefühl hatte, auf Gummi zu kauen, schluckte er sie schließlich im Ganzen herunter. Nett, wie er versuchte, sich nichts anmerken zu lassen.

Ich versank in seinen haselnussbraunen Augen und hing an seinen Lippen während wir aßen und uns unterhielten. Seine Fürsorge gefiel mir. Von da an trafen wir uns heimlich, denn in der Firma wollte man keine privaten Verbindungen unter den Mitarbeitern.
Nach sechs Monaten kündigte ich, damit wir unsere Beziehung offen leben konnten. Zwei Jahre später heirateten wir. Bei unserer Hochzeit sagte mir eine Kollegin, dass jeder wusste, dass wir zusammen waren.

Karen

Randas Weg

„Was tun Sie, wenn Sie im Lotto gewinnen?", stand im Fragebogen eines Sozialen Netzwerks im Internet, durch das ich meinen Bekanntenkreis vergrößern wollte.
„Ich kaufe mir ein Haus mit Garten und mache den Flugschein", schrieb ich.
„Wer kümmert sich dann um unseren Garten, wenn wir auf Reisen sind?", war Heinrichs Frage an mich per E-Mail.
„Unser Gärtner", erwiderte ich.
Wir führten unsere Konversation eine Weile in diesem Stil fort. Hier unsere reale Welt und per Mail eine fiktive mit zwei Kindern. Unsere Nachrichten hatten immer zwei Absätze: Einen, um uns kennen zu lernen und einen weiteren in dem wir unsere erfundene Familienstory weiter führten.
„Schatz, wo sind denn die Schwimmflügel der Kleinen? Ich möchte gerne heute Nachmittag mit ihr zum See gehen."
„Ich habe die Tasche schon gepackt, die Schwimmflügel sind drin. Du brauchst dich also um nichts mehr zu kümmern."
Beim nächsten Mal fragte er mich:
„Haben wir etwas zu Essen daheim?"
„Ja, ich habe heute Morgen noch schnell etwas gekocht. Wir können heute Abend gemeinsam essen." Es war witzig.

Nach drei Wochen verabredeten wir uns. Am Tag unseres ersten Dates wurde mir meine Arbeitsstelle gekündigt. Mir war überhaupt nicht danach zumute, Heinrich zu sehen. Also habe ich

unser Treffen abgesagt. Das hat ihn offensichtlich nicht abgeschreckt und wir trafen uns ein paar Tage später in München. Als ich ihn erblickte, dachte ich nur: „Mit dem hätte ich mich im Leben nicht getroffen, wenn er mir auf der Straße begegnet wäre." Auf jeden Fall zeigte er Humor: Er hatte Schwimmflügel um.
Wir gingen im Englischen Garten spazieren und unterhielten uns. Im Hofgarten war Live-Musik. Es war richtig romantisch. Wir beschlossen, uns wieder zu sehen.

Nach meiner letzten Beziehung hatte ich Angst, mich auf Heinrich einzulassen. Er tat viele Dinge für mich. Das kannte ich vorher nicht. Er kaufte sich gleich einen Sprachkurs und ein Wörterbuch in Arabisch, meiner Muttersprache. Als ich erwähnte, ich hätte gerne ein Stück Garten zum Bepflanzen, organisierte er mir bei seiner Mutter im Garten ein Stück Land, das ich nun bebauen konnte. Mir war das zu viel. Ich kannte ihn noch nicht richtig, seine Mutter gar nicht.

Er lud mich zu sich nach Hause ein und wollte für mich kochen. „Soll das Essen fertig sein, wenn du kommst, oder möchtest du beim Kochen dabei sein?" Ich wollte natürlich zusehen, ob er wirklich selbst kocht. Ich betrat die Wohnung und war total beeindruckt. Es sah aus wie in einem Kochstudio: Alles war vorbereitet, jede Zutat stand geschnitten, jeweils in einem Schälchen auf dem Tisch. Ich wollte es nicht glauben, dass er kochen kann.

2010 heirateten wir. Wir diskutierten über die Namen. Ich wollte meinen Nachnamen nicht hergeben und seiner gefiel mir nicht besonders. Wir entschieden, zunächst unsere jeweiligen Namen zu behalten. Als ich beim Standesamt meine Papiere ablieferte, fragte mich die Beamtin welchen Ehenamen wir denn führen wollten. Ich sagte spontan: „Den meines zukünftigen Ehemanns."
Bei der Trauung las sie dann vor „Die Eheleute haben sich entschieden, den Namen Steiner anzunehmen". In dem Moment, in dem Heinrich erfasst hatte, was die Standesbeamtin sagte, kamen ihm die Tränen. Für ihn war es die Liebeserklärung schlechthin, dass ich mich dafür entschieden hatte, seinen Namen zu tragen.

Wir hatten im Vorfeld unserer Hochzeit vereinbart, dass jeder ein Ehegelübde schreibt. Meines war eher knapp gehalten. Heinrich trug seines sogar auswendig vor. Es war wunderschön, kein Auge blieb trocken. Die wichtigste Aussage war, dass er mich meinen Weg gehen lässt und mich dabei unterstützt.
Er beweist mir jeden Tag, dass das nicht nur ein paar Worte auf dem Papier waren.

Randa

Santorini

Meine Freundin und ich waren Anfang zwanzig und zum zweiten Mal auf Santorini. Schon auf der Fähre waren alle in Partystimmung. Einer spielte Gitarre. Bei dieser Atmosphäre gingen die zehn Stunden Überfahrt schnell vorbei. Wenn man auf die Insel zufährt wird man von einem fantastischen Anblick überrascht. Man kann die spektakuläre Felsenküste in den vielen Brauntönen kaum beschreiben. Am oberen Rand thront etwas Weißes. Man sieht nicht auf den ersten Blick, dass das Häuser sind – in den Steilhang gebaut. Es wirkt magisch. Kaum verwunderlich, dass Santorini das verschwundene Atlantis sein soll.

In der Hauptstadt gibt es viele Schmuckgeschäfte, da Horden von Touristen auf Kreuzfahrtschiffen hierher kommen. Die Goldgasse beherbergt fast ausschließlich Schmuckgeschäfte. Wenn du in der Mitte gehst, wirst du nicht angesprochen. Wenn du rechts gehst, dürfen dich die Mitarbeiter der Geschäfte auf der rechten Seite ansprechen, wenn du links gehst, die der linken Seite.
Ich bummelte mit meiner Freundin diese Goldgasse entlang, da näherte sich Alexis. Sein Laden war hochpreisig und wir wunderten uns, dass er uns ansprach, wo wir doch nicht gerade sehr zahlungskräftig aussahen. Wir unterhielten uns ein wenig mit ihm und ich fragte ihn, ob er jemanden kennen würde, der Zimmer vermietete. Er meinte: „Ich habe eine Wohnung, in der ein Zimmer frei ist." So zogen meine Freundin und ich in diesen Raum.
Eines Abends gingen wir gemeinsam aus. Wir fuhren zu dritt auf seiner Geländemaschine in

eine Disco. Ich saß hinter ihm und auf einmal war seine Hand auf meinem Oberschenkel. Es wurde ein toller Abend. In einer Tanzpause gingen wir beide ins Freie. Was für eine Nacht! Der Mond war groß, und außergewöhnlich rot. Alexis stand hinter mir, seine Arme um mich geschlungen. Dann küssten wir uns.

Tagsüber machten wir Ausflüge an verlassene Strände wo wir nackt badeten, obwohl das in Griechenland verboten war. Nachdem meine Freundin nach Athen abgereist war, hatten Alexis und ich noch ein paar schöne Tage. Dann kehrte ich nach Deutschland zurück. Wir hielten per Brief Kontakt, bis ich Ende Dezember wieder nach Griechenland reiste. Diese Mal nach Athen, wo Alexis eine kleine Wohnung hatte. Wir feierten zusammen Silvester und ich blieb den ganzen Januar.

Alexis plante, auf Santorini sein eigenes Schmuckgeschäft zu eröffnen. Nachdem meine Ausbildung erst im Herbst beginnen sollte, flog ich im April nach Santorini, um ihn dabei zu unterstützen. Ich stieg aus dem Flieger, nahm mein Gepäck in Empfang: Kein Alexis zu sehen. Nach einer Weile fragte mich jemand, wo ich denn hin wollte. Ich sagte, ich wollte nach Kamari. Es stellte sich heraus, dass das der Besitzer des Restaurants neben Alexis' zukünftigem Geschäft war. Er nahm mich freundlicherweise mit. Wir tranken noch etwas in seinem Restaurant und dann tauchte Alexis endlich auf. Er trug nie eine Uhr und las die Zeit an der Sonne ab. In diesem Fall hatte er sich offensichtlich gründlich verschätzt.

Kiki

Die Milchstraße

Als Teenager war ich mit meinen Eltern, meinen Brüdern und meinem Lieblingsonkel in Griechenland in den Ferien. Wir zelteten wild auf dem Peleponnes.
Am zweiten Tag nach unserer Ankunft hielt ein Wohnmobil an unserem Zeltplatz. Ein Ehepaar im Alter meiner Eltern stieg aus und dann erschien „Adonis". Mein Herz raste. Ich habe mich auf Anhieb verliebt. Ich wusste: Der ist es!
Das spürte Jean wohl auch. Es wurde eine großartige Zeit. Solche Gefühle hatte ich nie davor und danach auch nicht mehr.

Nachts schlich ich mich ganz leise aus unserem Familienzelt, um ihn am Strand zu treffen. Ich stolperte. Da lag mein Onkel mit einer Frau. „Bitte sag nichts zu meinen Eltern", bat ich ihn erschrocken. „Nein, nein, das bleibt unser Geheimnis", erwiderte er.

Jean hatte sich aus seinem Wohnmobil hinaus geschlichen. Wir lagen die ganze Nacht mit Herzklopfen aneinander gekuschelt unter einer Decke. Ich war vierzehn, Jean sechzehn und sehr schüchtern. Er hat mir einen Kuss gegeben, ganz vorsichtig, nicht mit Zunge und Knutschen. Weiter ist nichts passiert. Ich war wie elektrisiert und voller Neugier: Hier passierte etwas mit mir, und ich wusste nicht was.

Es war so schön. Das Meer glitzerte im Vollmond als tanzten Millionen Sternchen im Wasser. Zum ersten Mal in meinem Leben erblickte ich die

Milchstraße. „Schau, das ist der große Wagen", sagte Jean und zeigte zum Himmel.
„Da werde ich jede Nacht hingucken und an dich denken", antwortete ich verträumt.
Ich sah auf einmal so Vieles, was ich vorher nie wahrgenommen hatte und fühlte mich so lebendig!

Madeleine

Süße Tränen

Dieser Mann zog mich körperlich an. Wir passten zusammen wie Topf und Deckel. Ich war verliebt, gab mich ihm restlos hin und genoss es sehr.
Wir verbrachten einen Nachmittag im Bett. Da war nicht nur Sex. Wir hatten eine sehr intime Beziehung. Wir lagen uns nackt gegenüber, haben gekuschelt, zwischendurch gegessen und uns unterhalten. Wir sind eingeschlafen, dann haben wir miteinander geschlafen, herum gealbert. Es war von allem etwas.

Am Abend haben wir wieder miteinander geschlafen. Ich habe mich komplett geöffnet:.Alles, mein ganzer Körper war von Liebe erfüllt. Mein Herz und mein Körper haben laut JA gesagt zu diesem Mann, obwohl wir uns noch nicht lange kannten. Ich geriet von null auf hundert. Ich war überwältigt und wusste nicht, wohin mit dieser Liebe, die jede Zelle meines Körpers durchströmte. Es gab keine Grenzen mehr zwischen ihm und mir und der Welt. Ich war sehr berührt davon. Ich wollte weinen vor Glück. Ich hatte das Gefühl, das muss raus, das braucht einen Kanal.

Mir hat später jemand gesagt, dass Freudentränen süß schmecken und Tränen des Schmerzes salzig. Leider wusste ich das zu diesem Zeitpunkt noch nicht. Ich hätte gerne probiert, ob diese Tränen wirklich süß schmeckten.

Johann schlief bereits und ich hatte Angst, dass er wach werden könnte und meine Tränen ihn erschreckten. Wie sollte ich ihm dann klar machen, dass alles in Ordnung war, ich nur einen „Liebesflash" hatte. Ich habe mich ganz leise hinausgeschlichen, meinen Tränen freien Lauf gelassen und bin langsam wieder zu mir gekommen. Nachdem ich mich sortiert hatte, bin ich wieder zurück ins Bett, habe mich friedlich an ihn gekuschelt und bin eingeschlafen.

Rebekka

Liebesbrücke

Liebling, seit du gestorben bist, habe ich den Kater nicht mehr im Garten gesehen. Nicht ein einziges Mal in fast drei Monaten! Ob du ihn zu deiner Begleitung mitgenommen hast? Es ist wirklich seltsam. Ich vermisse diesen plumpen alten Kerl, der unsere Kätzchen herum gescheucht hatte. Da ist jetzt niemand mehr, mit dem sie spielen können.

Ich habe gerade ein schönes Wochenende mit unseren Freunden in Köln verbracht. Sie gaben sich wirklich alle Mühe, meinen Aufenthalt unterhaltsam zu gestalten, aber auch sie meinten, dass wir zu viert am Tisch hätten sitzen sollen, nicht zu dritt. So viele Menschen vermissen dich.
Heute Morgen um sieben Uhr spazierte ich zu dieser Kölner Brücke auf die Paare mit einem Vorhängeschloss und zwei Schlüsseln gehen. Sie schließen das Schloss an die Brücke an, um ihre Verbindung zueinander zu bekunden. Dann werfen sie die Schlüssel in den Fluss. Die Brücke ist voll mit Schlössern. Ich fand noch einen guten Platz und brachte ein Schloss für uns an, warf einen Schlüssel in den Rhein und den anderen trage ich an einer Kette. Immer wenn ich in Köln bin, kann ich dort hin gehen.

Ich quäle mich ohne dich, sende mir bitte ein Zeichen. Ich weiß, du hast mir bereits eins geschickt, aber ich bin gierig. Ich liebe dich, und nichts wird mir das jemals wegnehmen. Gute Nacht mein Süßer und tausend Küsse!

Graciella

Andrea Ludwig

Geboren wurde ich 1959 in der Pfalz, wo ich auch aufwuchs. Wenn ich an meine Heimatstadt Landau denke, erinnere ich mich an den Schuhladen meiner Eltern. In einem solchen Unternehmerhaushalt aufzuwachsen prägt. Mein Vater wollte, dass ich den Laden einmal übernehme, ich nicht. Deshalb ging ich nach dem Abitur in die für mich damals große Welt und machte eine Ausbildung zur Hotelkauffrau im Münchener Park Hilton. Das gefiel mir sehr gut. Ich war erst einmal raus aus dem Kleinstadtmief. Allerdings zog ich danach wieder zurück. In einem Pfälzer Dorf eröffnete ich mit viel Enthusiasmus ein Lokal. Dass ich diese Unternehmung nicht gut genug vorbereitet hatte, rächte sich. Mangels finanziellen Durchhaltevermögens musste ich nach zwei Jahren die Segel streichen. Was lag näher, als jetzt in das Schuhgeschäft meines Vaters einzusteigen? Es war bequem und er freute sich über meine Unterstützung. Die kommenden zehn Jahre redete ich mir schön, denn es war nicht wirklich das, was ich machen wollte. Mit Unterstützung meines Psychotherapeuten schaffte ich dann den Absprung in mein nächstes Leben.

Ich verließ Landau erneut, um in verschiedenen Positionen zuerst in der Schuh-, dann in der Pharmaindustrie zu arbeiten. Bis der Gedanke in mir aufkam „Es muss doch noch etwas anderes geben, als dieses Hamsterrad von täglich zur Arbeit gehen und abends kaputt vor dem Fernseher abzuhängen." Und wieder nahm ich Hilfe von außen an. Dieses Mal von meinem Coach. Er brachte ganz andere Talente in mir zum Vorschein und mich aus meiner Unzufriedenheit und Lethargie in Aktion. Das änderte alles: Ich gab mein Angestelltendasein, meine Wohnung, mein ganzes bisheriges Leben auf und machte mich auf ins Unbekannte. Ibiza war mein Ziel. Dort ließ ich mich an der Sage University zum High Performance Leadership Coach ausbilden und startete gleichzeitig in meine berufliche Selbstständigkeit.

Ich habe meine Berufung gefunden: Als Business und Life Coach unterstütze ich Menschen, die – wie ich – ihr Leben verändern und ihren eigenen Weg finden wollen.

Danke, dass Sie dieses Buch gelesen haben. Es interessiert mich, wie Ihnen meine Geschichten gefallen. Über Ihr Feedback zu meinem Buch freue ich mich. Bitte senden Sie mir Ihre Nachricht an service@poweraufdenpunkt.de

Wenn Sie gerne in meinem Buch geschmökert haben, empfehlen Sie es bitte weiter und schreiben Sie Ihre Rezension bei amazon.

Ihre
Andrea Ludwig

www.poweraufdenpunkt.de
andrealudwig.blogspot.com

Ein weiterer Titel der Autorin:

Das Geheimnis von Häppiness
Für Mäuse und andere Menschen

Die Gesetze der Natur - Spielregeln für ein erfolgreiches Leben

Sandra Jantzen | Robert Jansen | Andrea Ludwig

Kurzbeschreibung

Die Geschichte der Mäusebrüder Karl und Jonny beschreibt die Spielregeln für ein erfolgreiches Leben. Auf abenteuerliche Weise erleben die beiden, wie ein Traum wahr wird. Sie stolpern in eine Welt voller Herausforderungen und Möglichkeiten. Sie überwinden Krisen und Widerstände und wachsen über sich hinaus. Auch weil sie mutig im Team mit anderen die Ereignisse meistern.

„Das Geheimnis von Häppiness" handelt von den Gesetzen der Natur, die seit tausenden von Jahren bestehen. Schon immer sicherte der Respekt gegenüber den Menschen, Tieren und Pflanzen das Überleben.

Das Autorenteam verbindet eine gemeinsame Mission. Sie vertreten eine neue Art des Unternehmertums. Mit dieser Fabel machen sie Mut, die eigenen Träume zu leben und zeigen, dass man mit dem, was einem Spaß macht, Geld verdienen kann. Ihre Vision ist ein respektvolles Miteinander, von dem alle profitieren. Sie stehen ein für mehr Menschlichkeit in der Geschäftswelt und für Verbindungen, durch die alle gewinnen.

Zu bestellen als eBook bei www.amazon.de

Made in the USA
Charleston, SC
30 September 2013